主编　凌翔

当代著名作家美文自选集

乡音

成秋菊　著

中国妇女出版社

图书在版编目（CIP）数据

乡音 / 成秋菊著. -- 北京：中国妇女出版社，2019.10
（当代著名作家美文自选集 / 凌翔主编）
ISBN 978-7-5127-1768-8

Ⅰ.①乡… Ⅱ.①成… Ⅲ.①散文集－中国－当代 Ⅳ.①I267

中国版本图书馆CIP数据核字(2019)第172168号

乡音

作　　者：成秋菊　著
责任编辑：宋　罡
封面设计：陈　姝
责任印制：王卫东
出版发行：中国妇女出版社
地　　址：北京市东城区史家胡同甲24号　　邮政编码：100010
电　　话：（010）65133160（发行部）　　65133161（邮购）
网　　址：www.womenbooks.cn
法律顾问：北京市道可特律师事务所
经　　销：各地新华书店
印　　刷：唐山楠萍印务有限公司
开　　本：165×230　1/16
印　　张：13
字　　数：180千字
版　　次：2019年10月第1版
印　　次：2019年10月第1次
书　　号：ISBN 978-7-5127-1768-8
定　　价：49.80元

目　录

第一辑

第二辑

第三辑

第四辑

第五辑

第六辑

第一辑

故园

离家多年，经常在梦境中，在喧嚣后的片刻静默里，浮现故园的点点滴滴。父亲曾说，以后不管走多远，世事如何变迁，多回家看看，各种节气不要忘记回家祭祖，那是我们的衣胞之地。

说起故园，不需要任何华丽的修饰，那是一瓦一木的古朴，一花一草的孤独，一水一土的辽阔，一季一景的轮回，一人一世的充盈。

心完全静下来，才得以相见。

故园的老宅正屋是三间七架梁房，中间是厅堂，左右两边作耳房，正屋旁边是厨房。

这一层矮小的屋子外，前面是一爿菜园，用竹栅栏围满一圈，菜园与房屋间辟出了几条蜿蜒小道，极尽清风明月、花盛虫嗡、草茂菜肥、土香苔厚之拙然，自不用说雪装素裹、霞光铺庭、雨蛙漫道、夜色拥覆之百变，院内充斥着四季的颜色。

放眼而望，这矮房与小院，被几株根枝粗壮的枫杨与槐树所围，树高天地矮，这古意苍然的灰黑树干与青石砖瓦的斑驳自映成趣，这满树枝叶繁枯的节令千姿与小院植被四季盛败的轮回相得益彰，顺应了大自然一场场春种夏耘秋收冬藏时光，小院回赠我们诗意百态的人间况味。

在这变幻莫测的院庭景致中，有些东西是缓慢的、悄然的。

苔藓满地的青砖路面，沾染风雨，却愈发苍翠，冬日循着这暖阳，在正屋的墙角也能探得一芥枯黄，老屋收留了这些桀骜的苔藓，打破了自然规律的禁忌。在我看来，老屋是位历经世事沧桑，纵有千帆竞浪也波澜不惊的归隐老者。老屋不知建于何年，用最古老的木架结构而建，横梁、过梁、椽、立柱、童柱、檐柱等一应俱全，勾连精密细致，长时间的碳化跟集聚的沙尘蛛网，将木件的本色掩盖。来处无须细问，只需在这木香与飘浮尘灰中，让一汪汪升腾起的月光与日晖轻轻拂过，时间得以暂息停留。柱子上包裹着的桐油布被梅雨季的连绵细雨与四季吹进屋内的大风轮番几经，已剥落得所剩无几。墙壁外砖内土，里壁易剥落，父亲常在大雨过后的晴好日子里，哼着小曲用泥灰东涂西抹，屋顶是毛竹架子，铺以芦苇，再拾掇些稻草，往上覆以青瓦，一年下来，芦苇稻草难免会枯黄发霉，但换上新的芦顶后，屋内便满是阳光与稻草的香味。屋顶是一片寂寥与开阔的境地，屋脊原先的吻兽装饰随日月流逝变得光秃秃的，夜色阑珊，中秋或清朗时日，月照屋顶光如霰，皎皎光寒无纤尘。

在这静谧诗意包裹的老屋里，有些事是我当年避之不及，却变成尔后嚣扰时光里怀念的类类种种。

首先，房间的装饰是单调的，放置的那一套简单的樟木家具，是母亲的全部陪嫁，最显眼的是一张八仙桌，桌面下有个柜子放置一些平时闲置不用的家什，在某个毫无征兆的日子被拿出来又有了新奇与意趣，所谓“小别胜新婚”的欣喜无非如此吧。

屋角立着四开门的衣柜，里面按区整齐叠放着每个人的衣服，每件衣服被叠合整齐，像豆腐块方方正正蹲在角角落落。在我们长高后，毛线衣穿不下得拆掉重新织，一堆闲置的各种颜色的毛线团跟零碎线头被散落在柜角，母亲择一暖阳冬日，连同衣柜里沾染樟脑丸味的所有其他衣物，一同铺展在芦秆席上晾晒，我们扑向堆如小山的软绵中，阳光下眯着眼睛打盹，晚上柜子里满满阳光味，我们喜欢睡前嬉闹着打开柜子闻，感觉里面储藏了一冬天的温暖。

另外还有两条长且宽的琴桌，夏天到了，父母喜欢端着琴桌，找个通风的地方，让我们午休，我们哪里睡得着，晃动眼皮，眼珠咕噜噜转动着，辗转反侧，听觉游离于窗外蝉鸣中，睁眼后眼神定格在贴在墙上的京剧脸谱上，长时间细看，那些脸谱的眼睛、鼻子、嘴巴都动起来了，惹得心中惊奇又有点儿发毛，但会很快被外面蒸腾的热气耗尽了情绪，最后只能老老实实躺着，哪里也不去，什么也不去想。

家具套件里有一个边桌，被放置窗前，栀子花或者桂花开的节气，摘一些花用玻璃瓶装着，光影摇曳，花香满瓶，一季一季的花开，昭示着物是人非的更迭。

家具上稳重的棕色条纹，总是被母亲擦得光亮，阳光洒进来，薄薄一层，光影从边桌缓缓移动到八仙桌再到衣柜，一天天就这么过去了。时间的脚步总是蹑手蹑脚，母亲也在悄然老去，她经常开玩笑地说，陪嫁的家具中少一个梳妆台，她还没有用过胭脂、口红那些，这辈子好像有点儿不像女人的样子，但在我们眼里，她何尝没有美过，年轻过？

以前的我，心中对黑夜一直有隐秘的恐惧，寒冬腊月，夜风肆意，窗户上的油纸时不时撞击着窗框，嗒嗒声不断，外面的树影张牙舞爪，风突然跑到屋顶上空悬着，夜色中裹着一两声猫的怪叫，凛冽孤寒中猫弓背龇牙的样子，透着厚厚的砖土游荡到眼前，家中挂着的那些物件在暗黑中形成的影子轮廓让我想起与之相对应的人间意象，个个面孔狰狞鬼魅，家里的老摆钟不紧不慢地响着，此时的井然有序最瘆人。小时候父母经常上夜班，晚上我们单独睡，用被角盖着头，蜷着身子，眼睛因为闭得太紧而发烫，眼皮渐渐火热，却不敢睁眼，从此，怕极了这样的黑寂冷夜。

“又做梦啦。”母亲轻轻摸了摸我额头，在颈脖的漏风处塞一些绵软毛衣，被窝里更暖和了。

她随后开了一盏黄色的吊灯，发出暗黄温暖的光，在灯光下拿着鞋样，在那儿穿针引线纳鞋底，时不时用针在头发上摩挲几下，轻轻咬着线绳，灯下晃动的背影保持着稳定的节奏，在这样的节奏下，我的眼皮很快打盹，微微灯光将我内心的暗角照得亮腾腾。有时候，母亲将篾篓搬到房间，点一盏煤油灯，一点点剥着棉花，我闷在被窝里，想着过几天白绒绒的棉花会装满两大布袋，被母亲挑着，去后村的供销社置换一点儿家当。到时候母亲会让我整个人躺进棉花袋里，一路晃悠到供销社，结算时母亲会换一些西瓜样的彩色小糖果给我，想到这些我忍不住捂着被子笑出声，母亲转过头，以为我做了一个美梦，她只是笑着。

临近过年，母亲开始织毛衣，她穿着厚厚的军大衣，被子叠在身后，形成温暖的窝角，我躺在她怀里，陪她织起毛线衣，咯噔咯噔的织衣声，是呢喃的摇篮曲，毛线的绒毛轻轻触碰到我的脖子，忍不住咯咯笑了，妈妈亲了亲我，继续织起来，一针一线何时才能织完？可就靠这样一点一滴的坚持，熬了几个晚上，几件衣服总算赶好了，我也就知道年要来了，通常过年不买新衣服，全部是母亲手织的，她喜欢在毛衣上绣一些花、鸟、鱼、虫的零星图案，再搭配新买的红色头绳，我出门会被大家唤作“花蝴蝶”。

因为这些灯光下的记忆，我之前对暗黑的恐惧也渐渐消失殆尽，渐渐能享受这夜色无边了。

黑夜无非是白露清光轻风思长，阴晴圆缺月影独望，无非是星河空寂萤火微光，穿林过水无阻而往。

于是，便爱着这乡村的漫漫长夜，爱着这院落的重重四季，爱着这房屋的角角隅隅。

只有开始，永无结束。

鼠味

寒冬腊月，川河皆冻，天地间一片冰封之境，深蓝天际，朔风凛冽，杂云尽吹，天空更辽远，徒增暮寒。

由于家中起新房，暂无居所，冬日不知如何安度。大伯在镇中行医，老屋空置，得知我家境况，二话不说，让父亲连夜搬迁，安顿下来。

大伯东山墙的房间，阳光充裕，青石地面的罅隙中布满暮绿色苔痕，阳光暖泻，透着柔光。窗台上叠着一打泛黄的报纸，上面写着我看不懂的文字，报纸边缘被虫蛀啃咬后掉落了些，伸手去触碰，手上几许痒。一张棕色的台桌孤零零地立于床边，抽屉的拉环生了一层深绿色铜锈，桌上积满灰垢，辨不清原本模样，桌子最右边的抽屉开了条缝，一束光聚焦在抽屉上方。

尘埃就在这爿空间里飘浮、旋转、跌落、飘散，我看得出神，忘记了屋内有几床旧棉絮，经过梅雨季发着霉味，忘记了墙上斑驳的裂缝，忘记了年画、日历已经褪色，我沉溺于光影，乐而忘返。

“去看看抽屉里有什么东西，帮忙扔掉！”父亲打断了我的思绪，家人此刻都在忙着整理东西。

我打开那个抽屉，大惊失色，一团粉红色的不知其名的生物簇在一起，慢慢蠕动着，我吓得捂住脸弹跳出门，不跟脚的布鞋差点甩落一只在房间。

父亲听完我上气不接下气的描述，淡定地笑了笑，摸着我的头，蹲下来拍了拍我肩膀上的灰尘，说道：“傻孩子，那是刚出生的小老鼠，抽屉里暖和，阳光又好，它们才待在那里的，大伯家长期没人，它们没有什么戒备，你跟我来！”

父亲拉着我，慢慢走到抽屉边，我蒙着的眼慢慢睁开，终于看清这些小生物了，它们周身无毛、通体肉红、两眼半睁、两耳紧贴在皮肤上，跟刚出生的小猪颇有几分相像。我心中恐慌减退，细细想来它们也算是楚楚可人，只是仍旧不敢细看，毕竟老鼠非善类。

“我待会儿用纸包好，给大叔公送过去！”父亲看着神魂未定的我，指了指这群局促不安的小东西。

待家里收拾干净后，夜幕降临，父亲裹紧大衣，将穿旧的棉衣抽一点棉絮出来，把一只只小老鼠轻捻出来，放置于棉絮内，包了厚厚两层，用两手抱着，连夜赶往叔公家。

我渐渐淡忘了这件事，一次端洗脚盆，木盆有长柄，我不小心跌倒，柄的尖端刺入额头，血流不止。

父亲怔怔地站着，突然一把将我背起，一口气跑到叔公家，叔公帮我止完血，用粉末状的药膏涂抹于伤口，最后用纱布轻轻缠了几圈。

“多亏了你平时留心，腊月的老鼠药性最好，这次反过来倒帮了你大忙了。”叔公笑着看着父亲。

他将黄色陶瓷药瓶放在父亲手中，交代了用法剂量，父亲连连道谢，抱紧我匆匆离开，冬夜寒风刺骨，我在他的温暖臂弯里，沉沉睡去。

幼时虚劳羸瘦，现在看似患小儿疳积，前期经常跑医院，后来父亲开始自己研究中医方面的书籍，拜托叔公磨鼠药粉，可替换在糖衣里服咽，冬天有冻疮，药粉也可涂于患处，有奇效。

老鼠在老家为百害之首，看到就灭，它们糟蹋粮食，传播病菌，听过很多因老鼠导致的祸患，只是没有想到新生老鼠竟是一味中药，特别是腊月没有长毛的药效最佳，这件事让我对万事万物的种种设定与归属充满敬意。

后来，陆续有乡邻主动送没有长毛的幼鼠至家中，人之初为善，物之初为纯，用鼠药后，我摔破的额头很快就好了，也没有留下疤痕，只是在猛烈蹙眉的时候，眉宇间有一个拇指大的凹陷。父亲笑着说："这个是你顽皮的惩戒，做事不当心，人摇摇晃晃，任何事要端得正，才能稳住啊。"

那次开始，老鼠磨粉成为我童年的印记之一，对老鼠的感觉，爱恨皆有。我感喟父亲的一片深情，叔公的无私帮助，乡邻的热心馈赠。

后来，我们搬回自己家中。

住了几年，起先在厨房里发现几粒老鼠屎。

父亲细心观察了几天，总算找到源头，老鼠屋设在灶膛旁边的楼梯过道内，灶旁温度高，过道内的草堆暖和，即便没有太阳，灶台的熊熊烈火，足以支撑起一个温暖冬天，老鼠可以安心繁衍生息。

一只硕大的肥鼠出现在厨房，父亲快速把厨房所有门堵死，要与老鼠来一场角逐。肥鼠毛发油亮，尾巴粗壮，身体似滚圆线团，父亲看到它扭动的身躯追过去，它一下子就潜了身影，疾步拐进旮旯暗角，无所顾忌地发出几声吱吱然胜利号角，誓跟父亲的耐心决战到底，这场上蹿下跳的追逐之战弄得厨房的锅碗瓢盆声四起。

父亲不依不饶，它步步为营。

几经周转，眼看肥鼠快要窜逃到门口了，它却掉转了方向，尾巴蜷抛到一边，贴着墙壁，紧挨着地面慢慢往前，尖尖的头部一点一点往前探，朝过道缓缓折返。它怎么回去了？父亲心想：毕竟老鼠不是人，临危时候，乱了分寸，情理之中，没有方向就是它的方向。

在父亲思考间隙，肥鼠到了楼梯口后，一溜烟儿地滑入过道内，父亲赶紧拿来手电。肥鼠出来了，嘴里叼着一只小老鼠，小老鼠刚长灰毛，稀拉拉的，冬日暖阳无法把它周身包裹完全，它身子温软，被含于母鼠口中，垂落得随意。它们贴着墙边踯躅而行，母鼠的眼里有凄厉的绝望，木然朝我们看了一眼，它浑圆的轮廓显得累赘了。

父亲举起的扫帚停在半空，母鼠最终把幼鼠放在厨房的酸菜坛子旁，坛边摊铺着碎布头，瓷砖地冷，寒光瘆人，布头主要用来防潮，只在坛底支出一小块，幼鼠开始发出细微的吱吱声，转动着小小的身躯，哆嗦着原地打转，布头被拽起褶皱。

肥鼠继续掉转头，朝楼道走去。

父亲赶紧唤我过来："看，老鼠在搬家呢，母鼠怕小鼠饿着，又怕自己遭遇不测，想回来带走它们！"

他穿着那双黑色老布鞋，呆呆站立在门口，阳光散落满地。

肥鼠继续叼来另外两只幼鼠，也不挨着墙走了，只是垂着它那窄小的脸颊，不理会这闲碎日光，一步步地挪着细小的步子。安顿好三只小鼠后，肥鼠或许感知自己行期将至，肥大的身子铺展在幼鼠旁，将它们包裹于自己毛发中，间或发出沉闷的号叫，声音打着战，它静静地卧着，跟这寒冷的冬季融为一体。

那些鼠的去向，跟父亲最终处置的结果，我没有再去过问。

万物的来与去，自有宿命，都有它的道理。

我相信父亲，因为我已经窥见了他的心事。

螽斯

入秋后，秋光清浅，大地清明，天被滤得净透，轻霭秋波，都浸在这煦色韶光的秋色中。

在这恬静的节气里，昆虫不似夏日繁杂纷沓，“草拂之而色变，木遭之而叶脱”，秋天晨光极目苍凉，那些灌木草丛中的虫鸣显得灵动了，将秋水长天，流水落花的悲寥减去三分。

在这所有的秋天虫鸣中，我独爱螽斯。

先不说形态独特，它们身甲柔软，触角细长，透体青绿，不似螳螂凶猛，不比蝈蝈刚烈，不若寒蝉萧瑟，不像萤火冷清，戢戢遍禾黍，是田间、叶片三三两两的点缀。

关于螽斯，在《诗经 · 周南》中有记载：“螽斯羽，诜诜兮。宜尔子孙，振振兮。”古人把螽斯视为吉祥之物，用螽斯的多子象征子孙繁盛，在战争与农耕时代，人口意味着生产力，明代孔贞运也有“闺门之内，歌樛木而咏螽斯，和气蒸蒸也”！螽斯曾带给人们希望与和睦的寓意。

古往今来，美好的事物总是勾得住人心，让人相信暖意与永恒，可以延绵不绝地传承。

最喜欢的是螽斯的鸣叫，螽斯是靠翅膀振动鸣叫，在我们老家，螽斯是“夜虫”，不求高远，只在低浅的灌木草浪中踟蹰而行，人易于亲近。它们声音清虚空灵，素净文雅，在夜色中千交万织，上下起伏有节奏，极富诗意。此刻若庭中望月，野间闻虫鸣，天外观星宿，这闹中的寂寥，最荡人心。

螽斯鸣叫密集，似在一决高下，让你感动于这种热烈与庄重，白天你被各种事由羁绊，各种声音不绝于耳，很难独辟蹊径专注哪一脉，而此刻，你独身旷野，螽斯声纷至沓来，此起彼伏，融于天地月色间，让你内心异常安静，我们有时候听不到内心的声音，是因为我们看到的太多，听到的太多，反而失了本心。

而螽斯，独爱这夜色无边。

做人的道理，自然都给予了我们，而我们还在现实中苦苦追寻，乱了方寸。

我特别喜欢捕捉它们，童年没有什么玩具，这些野间的昆虫，是一种拾得的乐趣。

父亲夜行，经常给我们抓来一些体态硕大的螽斯，它们在屋中的孤影与独奏显得悲寥，父亲告诉我们，螽斯也叫“鬼蜢”，是已故亲友的魂魄，所以当晚上有“鬼蜢”飞进家里，人们都会将其抓住并喂其米饭然后放出野外。

显然，米饭是不会喂的，螽斯会在屋中呜咽而啼，毕竟，它们是属于自然的。

第二天，那些抓来的螽斯总会不翼而飞，应该是趁我们熟睡后，被父亲放归了。

现在老家的螽斯越来越少，难得看到一个便远远看着，不去捕捉，因为我知道，它们跟我一样，循着一种思念，孤身前行。

秋菊

出生那年，计划生育抓得很严，家中姨爷在镇上管计划生育，更不能让他以公谋私，左右为难。

祖上有个姑姑远嫁，膝下无儿女，村中人便有人提议联名上书，让我出生以后可以过继给姑姑家，这样也能落得一个正当名分，保住一条命。

为此村里召开了动员大会，在一棵老槐树下，福爷带头，签字的签字，不会写字的画押，签了满满一纸文件，到政府那边一层层签字审批。

我出生时正值金秋十月，那年的收成特别好，村上的人来家中吃红糖粥（生女儿的习俗），我刚被从医院抱回来，尚未起名，正好那时院落里有一株紫色野菊，在灰蒙蒙的土坯房边特别显眼。福爷指了指这花，说了句："这女儿就像花一样珍贵，千呼万唤，以后吃百家饭咯！"便吵嚷着过来抱襁褓中的我，本是一句玩笑话，父亲听到了这话，便灵光一闪，干脆就叫我"秋菊"，正好姐姐叫"秋月"，一个是天上月，一个如地面霜。

出生后我体弱多病，经常无端生出很多病变。天边的晚霞绚烂铺展开来，淡的地方像棉花的边角被抽离后拖出的残丝，深的地方像红色花卉最往内的嫣红，我走走路，便自然仰起头，看着泛红的晚霞渐渐隐没，一股血流从鼻翼到嘴角到喉咙间，汩汩而逝，我能感知到它们的腥涩，感觉身体在一点点被吸干，但却知道身体的不同部位怎么发力去做对抗；经常感冒发烧久治不愈，有时我能在身体安好的情况下，感觉几小时后热浪会像洪荒野兽袭来，时间会准确得无以复加；长时间的昏睡，像虫卵躺在刚被剥离的舒软的棉花中，精神上无法抽离，身体上也无法脱身；身上不明所以地无端冒出血斑点，像七星瓢虫背负着包袱，恐惧已深深刻录在每天生活的起起落落里，还要带着梦想起飞。

那时候乡村有片荒地，埋一些夭折的小孩，有关生如薄蝉的传说在乡坊间流传，我开始对自己的生命与健康起疑。

去医院总是查无具细，我变得小心翼翼，像在屋脊尖端走路的猫。

父亲买了个砂锅放在院子里，院子宽敞，空间大了，好像能把忧郁与不安分散。父亲辞掉了工厂的工作，在家中购置了车床，不做工的时候，端起满是裂纹的板凳，裂缝中嵌满新灰旧尘，凳子边缘像黑色铁块，被磨得光滑。他针对我的症状，去镇上的一个老中医那儿，抓一点药细致地称好，小心地打开包着药的纸，用左手衬着，一点点抖落下来，担心院内突然刮起一阵风将药沫子吹散，他用右手小心捂着，然后慢慢煎熬。他对照我的病情，根据书中说叙一点点去努力尝试，有时在那儿一言不发独自沉思，有时拿着书翻来翻去。

中间确实有几次受惠这熬制的草药，药到病除后，他的眼神像古老房子虚掩的门缝里突然透出来的光，他坚定信心趴在凳子上看书的样子变成了一尊雕像。

后来村里来了位苦研中医的赤脚医生，父亲一有时间就去跟他交流，他们就像是黑夜中的蝙蝠，窃窃私语中，凝神屏息间有种近乎高亢撕裂的张力，将藏匿在我内心的小心翼翼一点点驱赶，获得了平淡生活的安然。

他大胆又犹豫，像只带刺匍行的刺猬。

“你啊就是注定要磨的，磨着磨着就好了，你的命是捡来的，苦尽甘来，后面你会好的！”父亲说着，顺手打理着他在后院种的很多不知名的草药，院落生机盎然起来，车前草、鱼腥草、紫苏、藿香、薄荷……

后来简单的发烧他便自己在家熬制一些常规的中药，不用四处奔走。

夜间，月光倾泻的叶片与唧唧嗦嗦虫鸣；那丛丛箭竹晃动的暗影；那青石的青苔夹杂的泥土味；那草药的芽尖隐隐晃动的幽然；那流水被月光打散，撞击到一些光滑的石面，声音又突然沉闷下来的调皮，所有的声音与形状，让白天一直躺在床上的慵懒与颓然的气息变成了一团空气，在我踏出屋子的那一刻融成黑夜的一部分，睁大眼睛再也找寻不见。

生病让我获得了生活之外的不同觉悟，爱这草木丛生的大千世界，爱这变幻莫测的良夜。

“爸爸，我挺喜欢这些植物，要不是它们，我心里会一直发慌，在床上躺着最没意思，只能脚不停伸来伸去！”我把父亲递给我的外套披在肩上，因为说话用力，不小心推出去的胳膊将外套甩掉了半米远，他捡起来，重新给我披上。

那年夏天过了，父亲开始在院子里刨土，落一点花籽在泥塘里，他很少下地干活，笨拙地把泥塘周围的稗草用锄头清理干净，小心捣鼓着，转着圈儿地来回翻土，用力过猛将泥土掀开了一个个大口子，地被削成一块块小陡坡，又有时用力不够，锄头出去了，只是跟地面打了个照面，他轻轻蹲下来，用手指掂量那些种子入土的深度，唯恐它们呼吸不畅，就在这屋前屋后，十多个地方有新土翻过的痕迹，天空兀自蓝着，有时候出奇的明艳。

入秋了，我有时候还是病恹恹的，但是这秋天的节气多少沾染了一些寒意，让人精神抖擞些。

秋景无非是丰收一片黄，林间鸟飞倦，秋水晚霞淡，石落天高远，落叶雨露寒，清晨爽朗，暮色恬淡，一点孤寥，又有一点暖。

总体来说，我还是爱秋天的，年年岁岁，景色总是大同小异，秋天各种不苟雷同的美景的叠加，构成了大局之境美。

但那一年，有点不一样的地方，就是那些父亲刨土的地方长出的植物，它们裂片有缺刻和锯齿，有股淡淡的臭味，说来也奇怪，虽然臭，但是那种臭带着猎奇，初闻，便想着跑开，但要是你有执念，将鼻子凑近了过去，能嗅到一股草木的清寒味道。那些叶脉棱角，像一把把锯子，将心绪划开一道道通明的口子，掺杂着冷峻的味道，让你觉得那些植物像粘连在大地上的勇士，安静毅然，对以后它们会开什么花，结什么果子没有了太多的期盼，好像不管怎么样，你都能接受它们以后的样子。

树木开始掉叶子，那些后院的药草也渐渐枯黄，草丛中的蟋蟀声，衬得夜色阔朗，秋天是真真切切感受到了。夏天的色彩被渐渐涂抹掉，那些鲜绿、嫩绿、翠绿等变成墨绿、深绿、黑绿，颜色也长大成熟了，天地间厚重宁静。

锯齿叶脉间的花骨朵开始透出点点色彩，一点点地显露，像孩子调皮的恶作剧，不会引起过多注意。某个不经意的午后，花骨朵喷射出一袭红色，一些修长的花瓣撑着花骨朵的边缘，费力慢慢爬上来，一根根争先恐后攀爬出来的长条花瓣像被勾着手臂，开始蜷缩成了一团。过了几天，一大簇长条爬满了花盘，花朵完全绽放开了，一朵，两朵，三朵……

不同颜色的菊花竞相喷射而出，有的掺杂了两种颜色，秋风飞掠，花朵呼吸轻柔，菊花似能听懂彼此的言语，在这方寸之间的院落中，全面盛开着，一群闪闪发光的精灵，约定好了要对这个院落和颜悦色，将迟暮的秋景作层层点缀。

院子里开始热闹起来，从菊花旁边经过，总能看到它们一点点的变化。我开始回忆父亲迟疑地从镇上摆摊的老人那里接过菊花籽，不确定这是不是一场无结果的骗局，那菊花籽像一粒粒黑色的芝麻，包在叠得鼓起来的小纸包内，外面用铅笔轻轻描了“秋菊”两个字。回来后摊铺出去晾晒，散发着温热，父亲将这黑黑的小种子择一个风和日丽的日子，生疏地翻着地，慢腾腾地种下，埋好土后，用手轻轻压平，喜欢在那些新土的缝隙间定神。他隔三岔五小心浇水，起先拿着瓢一点点地播撒，生怕惊扰这土中的精灵，闲下来便踩着那双满是泥土的解放鞋徘徊着，蹲下来观察它们一点点的变化。

当露出芽头，父亲晚上炒了一碟花生米，喝点小酒；当那些叶子有了轮廓，渐渐肥硕，他拿起洒水壶哼着歌；当花骨朵有星星点点色彩露出，他匆匆拉着我，告诉我过几天就会开花了，他赌赢了。当花朵长满了院子，他嗑着瓜子，倚靠在老树边，看着我们看着花，一言不发，只是笑。

来年开春，他开始尝试不同的花，凤仙花、牵牛花、蜀葵、彼岸花、月季花、菊花……

除了草药，夹杂各种花，院子的花就像一场场接力，生命变成一场花开不败的传说。

我开玩笑问他为什么最先种的是菊花，是不是我叫秋菊？他说卖花的人说那会儿秋菊最耐寒，最容易成活，跟你名字有什么关系。

一切都是巧合，冥冥之中有必然。

十七岁以后，我不再莫名生病。

经年之后，我常常想，他的内心是不是一直做着某种博弈，花要是开得好，我不会一直这样下去，我身体总会好，只是，他不说。

栀子花

窗台上的水杯里放着几株栀子花，一阵风吹来，馥郁扑鼻。

又要端午了，有时候一些节气的出现，让我们知道一些花要开了；有的时候因为一朵花，而想到一个节气，很难说是时间造就了生灵，还是生灵让时间有了意义。

这栀子花，花期短暂，好像夜间突然开遍村庄，在月光下更白亮朗润，前尘往事都被牵连了来，在农人馨香的梦境中醉着。

一早去田间劳作的路上，栀子花被农人随意摘取一朵别在耳后，那清香一阵阵隔空传来，农人按捺不住深呼吸一口，将这香气狠狠吸入鼻中，来一场精神抖擞的田间劳作预热。一天之计在于晨，穿插在阡陌乡道上的淡淡香气，是平实生活外偶然的诗意点缀，众人皆喜。

那些老爷们儿也开始玩起了浪漫，摘点儿花枝，用红绳子捆成一束，小心翼翼地放在房间的一隅，老爷们儿平时粗言粗语，现在闲看栀子淡放，只待到晚间月影中，良人归来，倚着这柔情如许的花意，细细谛听彼此耳语。

人识花，花养人，日常忙于生计，农人都将浪漫藏掖，只等在这栀子花开的节气里，且赏同心处，夜夜酣眠。

村落被这流转的香气所染，生活也像被洗过了一样。雨淅淅沥沥下着，栀子花瓣片片纷飞，幽幽清香升腾起静默里的优雅，纯白的花瓣，沾满天地间的灵气。

那些平时咿呀呀卖菜的老奶奶，笑语盈盈，歪斜着身子，踮着脚尖，像圆规一样在地上挪动着，凑近那花团锦簇中，只为采掘心目中最盛那朵，采摘后别在身上、发间，一缕幽香不请自来。村中老人迷信，头上不可别白花，白花为作古之事所需，然而，唯独栀子花破格，可以任意佩戴，百无禁忌。妇人相约而行，头上别着栀子花，少时羞答答的模样再现，她们迈着小步，在这白花的点缀下，垂垂落入旧时光，那时，少女提着挎篮，白天在林间追打嬉闹，别着这样的洁白栀子花于发际，晚上将花朵轻卸窗前，将满腹的儿女心事，都藏在那“一钩新月风牵影，暗送娇香入画庭”的梦境中。

现在她们一起勇敢起来，不拘于白花禁忌的条条框框旧俗，只将这栀子花溶解在雨打风吹人老去的乡愁情思里。

那些孩童，林间追逐打闹，被父母训斥完，还是不安分，在田埂间的木桥边奔跑，斜风细雨中被村姑唤了去，邀看庭中栀子花。那纯白的栀子花，如霜似雪，被稠密枝丛所掩，孩童便举起胖乎乎的白净小手，在纷纷扰扰的枝杈间，耐下性子，一点点往前探，拾得白花一朵朵，在这一伸一缩间，心境变缓，那香味让人心神宁静，孩童采摘累了歇息，在院落里剥落起厚实水润的花瓣，小鸡来啄食，这一帧画面，留在孩童眼底，镌刻在他们的记忆深处，成为对抗浮躁尘世的那一缕纯净洁白。

这纯白的花脱俗无瑕，方寸之间村人皆爱，它们是灵魂深处的窥看，纵是时光须臾过，压在记忆深处的栀子花，总是提醒我们：幸福隐匿在这方寸之间的纯白里，并非袒露于奢豪无度的物质里，花开本无觉，我们终其一生的追寻，最是动人情意处，竟是这片片花语间。

影子

父亲闲下来，喜欢手中摩挲着一块土黄色条章，章体光泽鲜亮，上面布满细如发丝的碎小裂痕，顶端有些许磨损，磨损的地方泛着亮光，那是抚拭过的痕迹，日久年深，连章都会透着灵气。

父亲就这样看着它，歪斜着脑袋，将其转动于掌心，发出幽叹，再把章用一方红纸包住，缓缓置于抽屉中，嘱咐我不许乱动。

哪能绊住我的好奇，趁父亲不备，我轻轻推开抽屉，攥紧了那章，它坚韧的外壳在我跳跃的脉络间渐然温热，触摸到的凹凸处稳稳实实地印了“成发章印”四个字。

成发章是我祖父的名字，我未曾见过他，只能在这锥刀之末的条形章中去窥得一二，寻一点他生前留下的影迹。

祖父是开药店的，再往上姑且不去追溯，无非是传道授业、子承父业之类，故一笔带过。

我在家中空置的顶层阁楼里翻看，那里都是陈旧的堆物，一咳嗽，尘土四处翻腾。在一些通体黄褐色的书册中，虫蛀漫散，书被啃噬得像暮秋老叶，那些医药书一本本摊叠在上锁的暮绿色小檀木箱中，似尘封住了一段往事。书中都是沿用的竖排文字，连注释都艰涩难懂，我看得很吃力，那一堆书影，在时光中落寞地散灰。

这些书，都是爷爷生前看过的，想来也是一项繁沓伟业。先不说这古医书的生涩词汇，日常简单疾患一般都在书中前几页，顺手翻到口疮，不同书，药方竟有不同解法；那些繁复杂症，很多采用难寻的药材调配，有的药材又衍生出许多别名，那些手绘的各类药材示意图形，又有多少失真的成分？更不用说，每种病症的良方，又有剂量的严格规范，光以上这些就让人瞠目，只是区区看了几页，那些草药的名字，就已经纷纷占据我大脑鲜明的板块，不留一丝罅隙让我喘息，唯有一声长叹：这真是苦差。

他的身影，渐渐从草药的板块中独辟出一条道，在我脑海中徘徊。他微驼着背，翻着古医书，轻声念叨几味药剂的名字，药店快要打烊了，寒气从门缝的角落卷进来，带了一层薄薄雾气，他才开始清点柜台，一切收拾妥当后，笼着手哈一口气准备离开。只有这样的勤勉刻苦与坚持，才能把古书参透，任由时光漫磨，也不会忘却，等到需要用的时候灵光迸发，救人之急不在话下。

我把我在阁楼上翻看了书册后臆造出来的爷爷的形象告诉了父亲，问父亲是否正确，那些古书像一层浓浓的迷雾，压在我胸口，关于我的来路还有一脉没有摸清，让我产生了寻找真相的执拗坚持。

父亲笑着，将煤油灯的灯芯添置一点儿新油，灯影摇曳，微黄的光袅荡得浓烈，父亲开始讲起爷爷的故事，那些故事幻化成影子，投射在墙面上，消散、晕染开。

爷爷只是开药店的，通常郎中会写好药方，找爷爷配草药熬服就可以，但是爷爷总会仔细多看几眼药方，有几次提出异议，病人去找郎中辨明，郎中便改了方案。

爷爷刚接手药店时生意寡淡，他爱好钻研，配药的时候能帮忙过下眼，在家中后院种了药草，自学了修治、水制、火制等中药处理工艺，一些微疾能诊断，涉及自家种的药草类目，收费很低，惠及众人，生意自然渐渐好起来。

他视力不好，戴着老花眼镜，不抓药的时候，喜欢拿着旧市上淘来的古书，细细品读，看得多了，自然有了悟性跟灵气，能融会贯通，有了“野郎中”的别称。

平日，他就待在药店，农忙时，二话不说，拿起农具直奔田垄，留下奶奶帮忙做一些抓药的轻活，维持药店正常运营。奶奶也算聪慧，童年幼弱，割伤跌倒是常事，她总是不慌不忙跑去后院，拔一些青绿色碎草，捏碎了敷在我的伤口上。六岁那年我下巴无缘由地溃烂，腮帮子青肿得厉害，吃饭开始成问题，她连夜赶到西村农户家剪了老山羊胡须，挖些药草，磨成黑粉，粘贴于我下巴，那长长的山羊胡须总是会突然垂落下来，让我像年老沧桑的老妪，出去总被耻笑。我涕泗滂沱不肯上药，奶奶坚持给我敷药，不紧不慢地说，身体有了，面子才有依附。

那时候乡野地稀，农人无多余膏腴，生活清寒，爷爷奶奶互相配合，将药店打理得井然有序，日子细水长流。

奶奶是童养媳，他们相敬如宾，在药店穿梭忙碌的身影在我脑海中浮现，爸爸轻描淡写的故事让我领悟到：择一件挚爱的事安度余生，它是原本沉重清寒生活的一剂良药，让生活慢慢露出明亮的底色，而有个互相支撑的爱人是药引子。

灯光把夜的沉闷驱散开。

屋子里的煤油灯忽明忽暗地亮着，见我有点倦意，父亲幽幽道来：“爷爷还打过‘鬼’呢！”

我心猛地一抖，以前流行土葬，生命的消逝会残留一些挥之不去的磁场，那时荒郊野地多，入夜忒早，乡村静籁，“鬼”可能是磷火，农人不知这其中由来，心生恐惧理所当然。

但是，父亲不是不知“鬼火”之人，我耐着性子继续听下去。

当年爷爷去远方亲戚家上梁，回来晚了，路过一坟地，天黑得阒寂，只有风声飞掠，突然从坟头探出个黑影，那人身上泛着光，脸色蜡黄铁青，着一身灰白长褂垂落至脚踝，自称是“鬼”。

爷爷顺手抡起手中木拐，不由那人分说，大声叫嚷道：“孽障，我虽是一个小小开药店的，遇到的生死之事也不在少数，话说‘不做亏心事，不怕鬼敲门’，祖上一直兢兢业业，勤俭勉励，勉强维以生计，即便你是鬼，我也不怕你，何况，人有时候比鬼更可怕！”话音刚落，拐杖便横冲直撞地朝那“鬼”身上游去，黑影愣住了，脚没有立稳，呜号了几声，像黄鼠狼起了一阵烟消失得无影无踪。

当他回来说起这事，乡邻们面面相觑，他们总觉得那是“鬼”，那片寡瘦之地，多有一些奇异逸闻，将乡村变得古韵流长，平添一重重的神秘，只是容易被一些别有居心的人钻了空子。

爷爷说，他觉得这世间其实是没有鬼的，多是人心中有疑虑，做事不放在明处，做一些鬼事。

爷爷除了研究医药书，也喜欢看五行、《易经》、佛经之类的古籍，对于爷爷来说，医药解决身体之疾患，知识可以充盈心灵，再结合生活经历，人容易看明白：天地万物顺其自然，人在福中，多未雨绸缪，积累福报；身在泥潭中，静心修养，等待时过境迁；对人对事有敬畏，不可妄自菲薄，戒骄戒躁。

爷爷在我脑海里的影像，变成一个穿着青白长衫，留着花白胡须，手里拿着拐杖，直起背，连脊骨都透着庄重与威严的老爷子形象。

我突然想起医药书的旁边，有张牙舞爪，记录前世今生、地狱天堂，描述投胎转世六道轮回的绘本，多为图形，文字寥寥，翻看一遍，整个人得跑到阳光下，周身裹满金光，才能将心中的害怕祛除，不是不相信鬼吗？爷爷怎么也看这种书。

煤油灯的灯火窜开去，变成无数个抖动的意向，飘向冷风中，让人打一个冷战，那时代的人，真是揣着神秘。

“那个啊！”父亲娓娓道来，“那个只是告诉我们一个简单道理，人要行善，要说前世今生，只是人的一种希望，不这么画，起不到醒心的作用。小时候，你爷爷喜欢跟我们讲道理，但是那时子女众多，大人疲于生计，小孩又多顽劣，道理往往听不进耳，这些书倒是起了很大作用，涵盖小到不浪费粮食，不贪念别家的一瓦一砖、一针一线，大到“救人一命，胜造七级浮屠”各种为人处世的道理，等我们长大懂事了，知道书中均为臆造出来的故事，但那时书也没有丢弃的必要了，便束之高阁留个纪念，道理都在心里了。说白了，不管医药书，还是其他书，都只是感受这个世界的途径而已，途径本身千千万，能这么写，但是也有那种可能性。”

这些书，让爷爷心更坚，不顾一切地用自己所学惠及他人，相信一件事，哪怕无奇迹。

西村的小林子，不知道染了什么怪病，肚子胀得像七八个月的孕妇，怎么按摩都软不下去，也不嗝气，亦无排泄，剧痛难忍，铺在身下的草垫都被扭堆到一旁。三伏天溽热，小林子浑身湿寒，呼吸不上来，呻吟声不绝于耳，话开始说不连贯，压着肚子，捶打着床沿，黏着一头汗漉漉的发臭头发，半个月消瘦得不成人形。郎中来了只能扼腕叹息，家中一片阴云笼罩，已经备好后事。

爷爷苦心经营药店几十载，听闻后引经据典，决定“死马当活马医”，从很远的地方弄来湿答答的牛粪，晾晒干，跟屠夫两日后求得一牛鞭，腥臊腐臭，然后辅以银花、五灵脂、白芷等诸药调配，覆在男童神阙穴，另制几味药丸服用。药臭不可近，所涉多为腐臭之物，夏天在空中挥散不去。祖父蹲坐在旁，一勺一勺喂养，辅以手法推拿，不分日夜，静心护理，热得身上衣服像刚从河里拎出来一样。坚持了十多天，小林子肚子渐渐气顺，可入一点稀米，竟得以复原，传为美谈。

爷爷去世三十载，林子每年坟前祭拜，叩谢救命之恩，从无间断。

爷爷曾刻了个方章，来抓药的人，他都会在药方上盖章，用爷爷的话说：名字就是敬畏的含义，要让吃药的人心中清明，我也要守住自己的规矩。

爷爷去世多年，父亲喜欢拿着爷爷的方章，当生活一筹莫展或者人生的某个阶段需要精进的时候，那手上的方章，有让人踏实坦荡的磁力。

奶奶则留下了爷爷一把用狼牙雕琢的约莫三寸长的书签饰品，她喜欢在暮色已去、夜色初临的仲夏，一边摇着蒲扇，一边在腿缝间轻轻敲击着狼牙，微眯着眼，屋后零星散落着叫得出名字的药草，它们在风中摇曳着，村落静寂，晚风清越，所有的一切都安然。

现在那些书籍沾满灰尘，渐渐掩于时光，灰尘蒙盖住了它们以前的样子，打开门，阳光照进屋子，一地的尘埃凝聚了一股旧书的味道。

所有旧物，连同父亲讲的故事幻化成一个个影像，在尘埃与夜色中，离我越来越近，我看到了爷爷的影子，在我的肌骨心田中。

阳光一样暖，月光一般寂。

爷爷未曾留下相片，也好。

怪树

村头有一洼闲地，平日里荆棘丛杂，日光斜过，月光孤寒，行人绕道。

它也有热闹的时候，只因一棵怪树长在闲地上。怪树高于三层楼，树干笔直，但下面很长一段都平滑无枝，树皮又光滑如镜，有天生拒人千里之外的高冷，如此高的树，无法爬上去，沾染不了一点尘气，巍然独立。

在顶端，枝丫开始向周边伸展得肆无忌惮，叶片也生得阔绰，大而浓密，层层堆叠，自顾自美丽地绽放着，俯瞰这微尘世界里的村舍与农人：嬉闹孩童院中穿过，大人拿着鸡毛掸擦拭桌椅上的镂空雕花，老人在灶台前踟蹰，壮汉打着号子在田埂间挑担，一切的烟火气都在。

日子就这样从春天流转到初夏，那些枝丫又开始生出一些事端，开始开一簇簇指甲盖大小的花，花倒是不足奇，不过是叶间随手的点缀，不喧宾夺主，兀自开着，但也算是尽心尽职，单调里孕育不苟雷同，小枝为紫或淡紫绿色，老枝为淡灰紫色。

入秋，入夜感到丝丝凉意，密叶间递出了一根根怪异的果棒，像七扭八歪的鸡爪，也像是蚂蚁筑过的土巢，“曲为美，直则无姿；欹为美，正则无景”，它这样不工整的外形，倒是有点遗世独立的味道，形状丑陋，倒也自成风趣，横拐竖拐分出很多小果棒，痉挛一样扭在一起，黑色种子散于果棒头，土黄色的果实在阳光下，毫不起眼，像一抹染过色的尘土。

季节变换，树下的野草渐渐枯竭，农人经过树下，睥睨而视，打着号子匆匆而过，天高云远，“鸡爪”在枝头随风摇曳，大地荣枯，怪树却无一衰相。

深秋了，这日子总是不经意间流转，田垄间的作物丰收，隙地里的作物也开始成熟，树上的鸡爪，此刻变得粗硕饱和、色泽褐红，鸟儿时常停立枝头，叽叽喳喳。

农人停下来，啧啧称赞，他们称怪树为“鸡爪树”，唤着一群孩子过来，用长长的竹竿在树下的空地摇着，果实纷纷垂落，抿一口，甜的韵味从喉咙一直荡到脚底，与大地粘连，浓浓的涩味也盖不住这甜腻发酵的余味。

光照刺眼，但日光温和，得持续仰着脖子摇晃，才能引得它们坠地纷纷，然后饕餮这野味无垠。

树下，竟然渐渐被踩出了一条轮廓不明的小路，路人频频侧目，树不近人人自来。

秋末冬初，“鸡爪”已然熟透，起了一阵霜寒，鸡爪变得蔫蔫的，色泽深暗了，一阵风吹过，“鸡爪”随之飘零，恬静安然。

我本以为一切枯竭，但是心怀好奇的敬畏之心让我拿起嚼动两下，甜滋滋的味道让我左右环顾，幸福蔓延开来，确定这是一种来之不易的怪树的私自馈赠，我想独享这因怜悯而获得的意外之喜，来一场与怪树之间的擅自约定，心中暗暗起誓：明年，从开花伊始，便开始仰望，用心呵护，一切值得等待！

花开到明处为好，果入口惠为实，一切的好，静候流年才慢慢浮现，不骄不躁，耐得住孤独，路才会为你开，自然界有它的良苦用心。

怪树不言不语，我们后知后觉。

经年以后，怪树早已挪走，我只能根据儿时记忆努力探寻它的归处，在《本草纲目》中偶然习得："枳椇木高三四丈。叶圆大如桑柘，夏日开花，枝头结实，如鸡爪形，长寸许，扭曲开作二三歧，俨若鸡之足距，嫩时青色，经霜乃黄，嚼之味甘如蜜。"

心怀爱意，我们终究还会再相逢。

麻婆

麻婆喜吃是有名的。

奶奶那一辈，都是省吃俭用，见不得铺张浪费，热菜热饭，是常有的事情，从蔓藤上扯一根黄瓜，地里扒一个南瓜，顺手摘一些菜叶，在灶锅里翻炒一顿，便是一日三餐的构成。子女在家的时候，买点小鱼小肉改善下伙食，你若跟他们说隔夜菜饭对身体无益，他们会瞟你一眼，露出鄙夷目光。

唯独麻婆除外，麻婆是我一个远房亲戚，嫁得远，一般过节才回家。她跌跌撞撞撑着拐杖，高高的颧骨凸在高原红的脸颊上，一双聚光的眼神露着一股坚忍劲，蒜头的鼻翼挤占了脸大部分面积，最特别的是那张薄唇的嘴，像包子头，时刻等着东西往里塞似的。

她来到我家，奶奶正往灶肚里推柴，她屏息着，眯着眼摇晃着脑袋，先闻闻刚出烟的蒸气香，判断是什么样的菜食，若是肉类，两眼发光，幽幽看着发黑的锅盖板，判断不出什么东西时，直接不客气地掀锅，引得奶奶一脸惊诧，但渐也习惯。

“月儿奶奶，你又在忙啦？！”挤眉弄眼一阵，试探性地戳几句闲话引子。

“麻妹，今天留下吃饭呗！”奶奶顺口寒暄几句，乡里人的客套跟礼数，是需尽的一项，面子上要过得去。

“好的，我就喜欢吃！”麻婆倒也直言不讳，索性坐下来，也不回叔公家了。叔公家是麻婆的本家，麻婆回家叔公不会特别准备饭菜，说自家人不应该显生分。麻婆端了张木凳，与奶奶促膝而谈，时不时抿着嘴，狠狠吸足两口满屋的热气，午饭时间，不需要奶奶加筷，直接将几块硕大的肥肉收入碗中，还嚷着要配点小酒，半会儿工夫，只看到她嘴角残留着油渍，她心满意足地打了个饱嗝，与奶奶唠了点家常后，拄着拐杖回家去。

有时候，她会去其他的乡邻家吃，有的子女已经成家立业，关系生疏几分，麻婆倒是随遇而安，尴尬的反倒是那些乡邻，毕竟麻婆只是老一代的旧相识，跟晚辈隔了代别，也有生活习惯的差异，显得突兀。为此，乡邻总有所微词，但是农家人好客，不冷上门客是古往今来的道理，因此，麻婆在娘家的时候，总能得一些口惠，也不管他人评说，久而久之，她变得无所顾忌，为口食之快不顾他人尴尬，落得一个不雅名声“蛤蟆嘴”。

她嘴巴里，除了吃，还会绘声绘色讲很多好玩经典的故事，《聊斋志异》里那些神灵鬼怪，《地雷战》《鸡毛战》《宝莲灯》《人鱼传说》……从她嘴巴里喷射出来的字串，引得小孩大人频频点头，驻足倾听。麻婆还喜欢听戏，记忆超群，听来的事情都能自主编撰成一套鲜活的人物故事。吃饭无非是多一双碗筷，心里多一点宽容跟坦荡就可以，但她的那些故事倒是难得有人讲得这么声情并茂，让乡邻徒生几分期待，给她饭吃之外有了生活的闲雅之趣，渐渐博得了好感，助长了她吃货的天性。她在动情处拂袖，弯腰，猫步，阔首，拔剑，各种姿势随性而发，偶或有板有眼地唱起：铁树开花结铜铃，毛竹扁担出嫩笋……抬头做拥抱状，手往上翻转之类。

春天来了。

麻婆又回家了，但是变得清瘦削骨，走路时颤颤巍巍抖动着双腿，穿着那件深蓝色布扣的衣服，将肤色衬托得愈发灰暗了。

“她生病了，挺严重的，能回来一趟是一趟了吧，喉咙里长了东西！”奶奶在院子里摘着青菜，泥土混着水渍，一起吸在篮子边。她叹了口气继续下去：“这个青菜虫子太多，你去帮我挖点荠菜吧。”

荠菜满坡都是，我按照奶奶的指示去采摘，对荠菜的形状有点混淆，一股脑儿地都装到篮子里。

“阿菊，在挖什么呢？”麻婆的拐杖先进入眼帘，一双小脚也慢慢挪进我视线，声音急促但轻柔：“是不是在挖荠菜？”

“哦，麻婆，奶奶让我挖的！”

“我就知道，你篮子里是放了一些，但是傻孩子，你挖了不少老的，嚼劲是好，口感不行，别白白耗尽这工夫咯。”她缓缓地将后背往后翘起，费力地抓着拐杖，紧紧握住，脸上的皱纹因为用力变得更醒目，大声地喘着气，老树皮般的手轻轻推过来，指了指地上的一洼。白发扎成简单的髻，因人摇晃不稳，在脑后起了一个旋涡，似要散落。她喃喃地说：“喏，这种是板叶的，旁边的那个是散叶的，都是！你挑那种叶子小的，嫩着呢！”她努力地攀着身体往下，手臂却怎么也伸不到那一株趴在地上的荠菜。

“哦，麻婆，我知道了，我来，我来，我来！”我连忙扶起她。邻居拆房子丢弃的楼板摞了几层，有半米高，正好够她坐下，腿可以自由伸展在地面上，她就那么坐着，静静看着我寻荠菜，根据她的指引，篮子很快满了。

“以前小时候都是吃的百家饭，家里穷，没有少吃这个菜哦，那时没事就挖点送送人，也拿不出其他啥东西来！我是吃百家饭长大的，现在回来还是改不了这个毛病，总是忍不住，瞧我这张嘴巴，嘿！”她低下头，看着远天的流云，空气清澈得不染一点儿尘埃，她的目光灼热而清明，好像远天之外是她的童年，她看着那些远景，压了压褶皱的衣角，“现在很多人都不在了，你倪爷走得早，我现在回家，这家吃吃，那家吃吃，总感觉有些日子像又回来了，人啊，就贪那点家的味道，改不了！”

她嗓音低沉沙哑，我想起她平时毫不客气掀起我们家锅盖的机灵劲，现在的她说话都一直短吁着，不禁感叹人总会老。

留给她的时间不多了，我脑海里总是盘着这句话，索性撸了一把碎草，坐在田埂间，听她讲以前在老家的往事，那些全是活生生的所见所闻。她很早就嫁人了，老伴去世后习惯了独来独往的生活，生活上也遇到了很多困境，她说接受现实是让我们内心从低谷往上慢慢爬的藤蔓，可以让心里生出一扇窗。

“我这辈子，该吃的吃，该喝的喝，不像你倪爷，死之前大半夜让我去镇上买烤鸭，说特别想吃，那个死鬼，贪恋人间烟火，好歹争口气给我活着，说没有就没有了。大冬天的，店铺都关门了，哪有老鸭，我在寒风中敲了一家家的店面，累得最后瘫坐在马路上哭了一夜……他省吃俭用一辈子啊……什么都舍得给我！”她语气变得铿锵有力，用长满寿斑的手撑着楼板，掐紧了往旁边缓缓挪了下位置，两声长叹后，脸上舒展开来的笑意在眉间荡开，“我这辈子该吃的都吃了，去见他也没有什么遗憾了，人啊，其实就图一碗饭、一份情、一身衣，其他都带不走啊！”

黄昏渐渐暗下来，我搀扶着她，我们的背影在田埂边慢慢消逝。

“麻妹，吃晚饭了，给你做了最爱吃的茄饼，你尝尝！”奶奶从灶台端出了一大碗热气腾腾的茄饼，奶奶内心总是有股热乎劲儿。

“哦，不了，我生病了，不能沾人家碗筷！”麻婆笑了笑，一圈旋涡在脸颊，好像被风吹了一个洞，已经涌不出红晕了，一层皮紧贴着脸架子骨。她轻轻地用手推了推盘子，奶奶将两个茄饼用油纸袋包好给她，她右手在空中转了一整圈的弧度，巧妙地避让了奶奶递过去的茄饼，看来她是铁下心不吃别人的东西了。

麻婆直来直去，说一不二，看来怎么强求也是无济于事，我只好推着她，慢慢往叔公家走去。

这是我最后一次见麻婆。

几个月后，麻婆去世了，那时我在异乡。

第二辑

竹

乡间百草并盛，花团锦簇，在这夏郁秋丰，春盛冬敝的四季里，唯有那竹时时苍翠，风中独怜。

农人对竹有特殊感情，宁可食无肉，不可居无竹。有竹的家户，生活不会破败至低谷，春天伊始，竹笋雨后破土竞出，一部分食用，一部分顺其生长，待到叶茂根粗，便可去市集小镇，捆扎成堆，或制各种竹制品售卖，不愁家用。

在竹林间穿梭，是何等的清和美妙，夏天纳凉，细碎的清风伴着鸟鸣，蝉噪林愈静；冬天，余晖夕阳中，叶影斑驳，将这寡寒的冬日照得无比透亮。

祖上行医，知道竹叶的妙用，所以经常采摘竹尖用纸片包好，回去晾晒，热水煮泡。

碰到过几次文妈，她轻轻走过来，唏嘘几句："这些都是宝贝啊，以前人家女儿婚嫁，若男方后院有大片竹林，那定是能嫁，至少过不了苦日子，错不了！"

文妈是个篾匠，年纪轻轻就守寡了，老公也是篾匠。以前家中有一大片竹林，生计不愁，还算小康，天不遂人愿，一场车祸，三十七岁的秦叔就撒手人寰，留下一双儿女。

秦叔在世，院落常常铺满竹篾，秦叔在竹椅上正襟而坐，将整竹、碎篾片收拾好，然后半蹲下来，开始劈竹：一筒竹，对剖再对剖，丝片纷飞，粗细均匀，青黄白分明，再做成不同的篾，分列左右，在砍、锯、切、剖、拉、撬、编、织、削、磨中不停转换。

院落一片簌簌声，月光在泥地上投下一道道竹影，一天天光景有轨而逝。

文妈时而弯背，时而直身，时而闪跑，时而缓走，递送工具，端茶备水，帮秦叔擦拭汗渍。

那些在他们手中的竹片，如跳动的精灵，来回转呈、结合、跳跃，在空中划出一道道美丽弧线，又稳稳落于他们手中。

秦叔十四岁学艺，从事篾匠行当二十余载，用他的话说，外层的青竹篾，韧性最好，是做竹编的精华，里层的是黄竹篾，脆而硬，一般做成竹制品，最里面的是竹节，干巴薄脆，可以做柴火用。

秦叔逻辑清晰，做事认真，像极了他手中的竹，直接干脆，枝叶分明，方圆几里名声在外，逢年过节，预订者众多，靠着一门手艺，家底添得敦实。

他编织的工具有簸箕、筲箕、米筛、隔筛、篓子、提篮、背篼、箩篼、斗笠、黄鳝篼等，名目繁多，简单的竹在夫妻的配合下，变出的花样也是生活的百般滋味。

在我的记忆里，他们像武林中隐世安居的高人，练就一身不传世神功，夫唱妇随，足不出户，在青竹间磨着清合光阴，羡煞众人。

天有不测风云，秦叔走后，院落一下子清静许多，我不敢喊文妈，以前大声唤她，她都会从门缝里给我塞一点儿煮好的食饼，捏捏我鼻头，让我进去坐会儿，后来她只身进屋，重重步伐跨过门槛。

奶奶说，经历过大悲的，你就让她安安静静的，你跟她说话，她不知道怎么回应你的热情，看见了就轻轻唤她，不要失了礼貌就好，不要大声喊叫，有时间我多去劝说，有的事情需要慢慢磨。

日光下的人影，悠长落寞；月光下的人影，凄然孤寒。

秦叔走了半年后，院落又开始热闹起来。文妈抱着一大捆竹竿在那边慢慢地用篾刀劈叉竹子，虽然声音不是“嘭——呲——啪”地干脆利落，但也算铿锵有力。她慢慢敲锤着，边上的拉丝刀、竹凿、刮刀……发出寒光，一个不落。文妈半蹲着，在砍、锯、切、拉、剖间转换着动作，虽不利索，但每步都细细思量，有时手在半空，愣了会儿再慢慢落下，一不留神竹篾刺破手，也只是快速缩回，在嘴里吸吮两口，继续下一道工序。

她做事时，不喜欢跟人说话，院子里的小鸡在竹片旁跳来跳去。

“以前他做事时，我只是在旁边帮忙，现在自己做了，才知道他是个多考究的人！”文妈一边拨弄着手中的竹片，一边跟串门的大婶们聊起家常，“有些事光做是不够的，还得悟，我不知道要做多久才能有他一半的功力！”

后来见到文妈，她坐于庭院中，将那些篾片堆放得井然有序，牙齿咬住篾片慢慢扯开，拖到地上，院子是泥地，鸡屎难免会沾于篾片，文妈也顾不得这诸多细节，就在那缓缓地持篾拿刀，按照记忆中的工序推敲起来。时间久了，她的动作就很娴熟了，那些篾片像沾染了灵气，在院子里跳跃着，那些鸡也开始被猛然的落竹声惊得纷纷飞扑，院子里渐渐有了生气，竹子将院落点染得四季葱郁。

文妈做的竹制品渐渐有乡邻过去订购，先是简单的编席，再是簸箕、竹篮……花样也越来越多。

时间磨出了文妈脸上的皱纹，也练就了文妈日臻灵巧的手艺。她给我送饼的那双手，老茧满沟壑，在沟壑的隐匿处，是厚黑印记，红色新纹的地方是血磨过的哑痛。

“文妹，你还年轻，可以找个人，年纪大了，总要有个照应，女人家毕竟是女人家，还有两个孩子呢！”经常有苦口婆心的乡邻，顺手端张凳子，过来跟蹲着的文妈攀谈。

“遇到最好的，就不想将就了，现在自己做事，才知道他有让我佩服一辈子的本事，有的事不像竹子，磨磨总能磨出个东西来，”她笑了笑，“感到疲惫的时候，想到两个孩子，想到他，咬咬牙也能坚持下来，一切按照自己的心性来，就像这个竹子，时间到了就破土，该怎么长就怎么长，长好了哪部分做什么，各自有各自的安排！”

倒是乡邻提的次数多了，自己反倒觉得无趣了。

有的人愿意将真心深置，另择一段人生与爱情，让逝者在天有灵，生活落于实处。

有的人愿意朝朝暮暮，就着那怀念的星辉，点亮自己孤寂余生，从此孑然一身，心安即是归处。

其实都可以。

好比这竹，有雨后春笋，落于口惠；有亭亭而立，散于民间，各有各自的活法与抉择。

新竹出了一批又一批，文妈的手艺也越来越好，靠卖菜、挖笋、制竹器，足以补贴家用，供两个孩子读书。

当地学校根据他们家的情况，进行了补助，文妈踏踏实实做手工，赢得村里人的尊重，村中大小事她总占一席，不落人后。

如同这竹，虽然少了主心骨而中空，但是它却凭借一股韧劲与风骨，傲于天地。

每年，苍翠如斯。

仓叔

仓叔，好久不见。

仓叔是我家起房的时候经人介绍的木匠。

他那个脱皮的两层白色牛皮的木匠包鼓鼓囊囊装满了一堆工具，它们冒着黑色金属光泽，在角落里发出幽幽的光，家中四处都散落着一些小工具，他总能不费力在刨出的层层木屑或者大块边角料废木中寻到它们。

乱中有序，他总是不慌不忙地将头发往后一捋，留额前一片空旷，开始劳作起来。

父亲说老宅有一些榆木、槐木，是祖上留下的，想打一些家具，有小时候的余味与念想。这类木材疤瘌、污花多，质地坚硬，难以刨平，仓叔二话不说，慢慢下腰，重重地用身板顶着那些平铺的木块，双刨刀来回受力，他的脸涨得通红，用条挂在肩膀上的毛巾来回擦拭汗水，一点儿凉水咕咚灌下去再继续做几个来回。

看着堂屋中打好的一些家具，父亲满脸荡着笑意，招呼奶奶过来看，略指一二。

木工的基本功是凿卯，凿卯是体力活，起承转合都要恰到好处，不偏不倚，“紧车卯子，趿拉房，桌椅板凳手按上”，不同木制品对榫卯的松紧程度有不同要求，家具的榫卯，以组装时手用力能够将榫卯合上为宜，太紧太松都不行，那些做好的家具，在我家翻新房时，还是坚固如初，上面的漆已经七零八落了，仍旧有几分秀色。

“仓师傅，来吃点水果！”当时正值初夏，树上有点晚桃，父亲每天都会削一些给师傅们，递过去一支烟，摊开一些纸，他们开始一起商量家具的打法。

“我想设计点新东西出来！”父亲递给仓叔图纸，以前家具的打法就固定的几种，要是到乡邻家看到衣柜、八仙桌、电视柜，基本都能知道里面的布局，父亲则比较喜欢另类的设计，不对称又富含张力，对于屋中每个部件他都尽量完美，不落俗套，家具毕竟是大件。

仓叔看着那些天马行空的图纸，没有露出不耐烦，拍了拍父亲的肩膀：“兄弟，我一直都打那几款样式，正好愁自己一直这样下去没有长进呢，你倒是开了我的眼界了！”

吃过午饭，满是泥污的手脚垂挂在屋子里的长条凳、竹椅、席板上，其他手艺人都睡下了，鼾声连成网，在空气中和蚊子打着暗战。

仓叔倚靠在门后的木桩上，竹林的光斜射过来，鼓动着热气，他就在那儿看着图纸，手上只有半截扁平铅笔比画着，不停调转着纸张方向，歪歪斜斜地写着字。

一阵阵风吹来，他抱着两腿看着远天发愣，眼睛开始悠悠转着，头慢慢砸下去，他也困了。

突然被一阵阵拉锯声惊扰，他提早起来做事了，那些翻涌的木屑沙沙而落，有节奏的颤动是仓叔绷紧全身肌肉，弓着马步，一场大汗淋漓的绽放，他保持那个姿势很久，体力跟耐力并驾齐驱。

他对着父亲的图纸，在镂锯、线刨、牵钻、鸟刨的火光中切换，跑来跑去。分配好不同工人的任务后，开始屏息凝神，将平时废材、稍微大一点的边角料拿来先实验，不浪费一点儿正材，极尽节约之能事，料板能短一尺，绝不会用长一寸。

经过几天的努力，半成品初露端倪，显眼而特别，父亲手别在背后，看着这些家具，一言不发，沉默着，抿着嘴连连点头，眼中有星辉。

真正懂父亲的人，少矣。

那时手艺人是管饭的，父亲每天晚上拿着纸写下明天让妈妈去集市上购置的菜单，他像个小学生抄作业一样虔诚，生怕漏写一个字，每天确保几荤几素，汤汤水水的满满一桌子。

怕买的鱼不够鲜，不忙的时候父亲就拿起鱼竿，穿着防蚊虫的长衫，去河坝外钓鱼给他们加餐。爸爸烧的菜很纯正，我曾经问过他的秘诀，他笑着说："要舍得下料！"

每天做完工大家聚在一起，把酒言欢，嚷嚷喳喳，连屋子里的灯影都被这热烈气氛吸了去，留下屋外静谧的夜。

仓叔时常说，做了这么多年手艺人，难得遇到这么客气的东家。

父亲接过话茬，想了这么多年的家具，以前小时候祖上的一些制作精美的家具，现在又重归了，念想落到了实处，身处现世如锦地，却念寒蔽旧时乡。

做工完结后，不起眼的寻常日子里，途经我家不远的地方，仓叔总会过来小憩，会会老友。

至情总寻常，人生得一知己足矣。

阿拉伯婆婆纳

我所居住的江南乡下，春冬泾渭分明，冬天裸露出大片的黄土地，麦秸拨开窗户，漏入一点儿斜阳，暮色裹着炊烟，冷峻的寒风从树杈上打了个照面就飞走了，无处藏匿。总之，整个冬天的色调是灰黄色的，乡村却是干净的、清爽的、含蓄且有诗意的。

在这灰黄冬色的一角，却有一些扣人心弦的暮绿点缀，密密麻麻的、一簇簇的，叶片如拇指大，根连着根，匍匐于地面，肆意地往前窜。河坝寡瘦的斜面上、屋后遗弃的砖瓦旁、野外的茅房边、晦暗濡湿的水洼处、裂开的墙缝中、通往田野的小径两侧，都有它的身影，它竭尽全力地慰藉这寒冬的边边角落，一片不起眼，整片便成林。

农人用铲子贴着地面，或用铁锹刨着土，地面便出现了一道道暗红色的新土划痕，它的小花连根被掀起，装了一篮子被随意放置在一边，等到晚上收工回家，才想起来，将这满满一篮，不动声色剁碎了抛向猪圈，一天的辛劳完美谢幕。

过几天，它那些被铲除的茎叶又繁盛了一地，兜兜转转，回到最初的状态。于农人，它们是夹杂在庄稼地里的隐士，总是听到乡邻三言两语的田间碎语：“这个花草怎么去除不掉！”在念念叨叨中弯下腰，一点点地铲除新生的野草，那些干不完的农活，看不到尽头的原野，俨然成了一幅动态的乡村美景。

春初凌寒，即便春的节气已来临，还是觉得春寒料峭。

但是等到这些野花幽幽冒出蓝色花蕊，你会确定无疑：春天来了。

这些野花细碎地绽放，满满诚意回赠干裂的冬天赋予它生命的土地。那开满了田间的野花，簇簇拥拥，无声无息，你在生活朝起暮落的辗转中忙忙碌碌，它们已经在时光的隧道里花开成海。一些新绿在暮绿的叶片间滋长，变得密麻丰盈；一叶一世界，叶片那深刻的钝齿昭显生命的不含糊，细微镌刻出一道道倔强性格的印痕；它们呈苞片叶状，下部的对生或全部互生，在风中叙说着彼此才能听懂的语言，一起颔首或阔步；它们的果荚是鼓胀的心形，静静躲在绿色的萼片丛中，倘若用手掐一下，会发出哧哧的心语；果实顶部的凹槽，伴随着心形长大，等到一切尘埃落定，它便摇摇欲坠，褪去色泽；这些枝叶每个部分的承接都是一首生命的赞歌，一场承上启下的适时的完美谢幕。

它们开着的小小的花映衬在叶丛中，或蓝或紫，随性而慵懒，密密麻麻布散开，只闻淡淡清香。它们如天上星宿，徜徉于暮绿新绿间，发出幽幽的光，在苍茫大地间，起起伏伏，整个地面像一角被掀起的花毯。春天的灵动在此出发，蔓延开去，从它们荡开的春色开始，渐渐有了“日出江花红胜火，春来江水绿如蓝”的江南韵意。

农人开始奔赴春播的战场，那些归家的孩童，走在满是小花的乡间小路上，“乱花渐欲迷人眼，浅草才能没马蹄”，小花是矮小不起眼的，独自静静地绽放，美丽的蓝白花冠渐渐脱落，开始抖落在人们哼起的小调里，吹散于春风，淋湿在春雨的记忆里，最后只剩春色几许，零星地点缀着大地，完成它简单细小的使命。

以前乡村满地都是这种小野花，一直不知其名，童年很多知道名字的花草模样已模糊，唯有它们，一旦进入眼界，便能一下记起全部细节，熟悉的情感是难以模仿的，查得它们的学名叫“阿拉伯婆婆纳”，花语是：健康！在翻看记录它的文字中尤爱这句“破破纳，不堪补，寒且饥，卿做脯，饱暖时，不忘女”，充满家常与温情，它们是饥荒年代赖以充饥的野味，也是镶嵌在乡村文明的一段芳华赞歌。

或许，在它的内心有过这样的灼热与冷寂：

我守护你，扑灭地表燃烧的火焰
所以冬天沉寂下来
我亲吻你，在冰冷没有苏醒的梦魇里
所以春天热烈起来
我离开你，在姹紫嫣红的明媚里
所以时光清浅起来
我忙忙碌碌，终其一生地追寻
无非是你梦想的点缀
生活转角的星辉

捶衣棒

童年，早上梦境被喊醒有三绝：公鸡报晓、田埂打号、棒槌洗衣。

公鸡鸣时尚早，心仍在梦游；打号只在一时，忍几步声渐消；只是这捶衣棒，声声催促，听得心中激荡。

心中激荡，主要是连着母亲的辛劳与疲惫，上夜班的母亲还没有来得及缓过来，一早又在河边捶打这一大盆的衣服了，衣服下水后的一阵阵旋涡，似深邃的眼睛，将母亲吸了去。

小时候总担心母亲体力不支，在河边晕倒，不管回来多晚，一早若听到捶衣棒长时间的钝响，我们便齐刷刷涌到河边。

母亲只是笑着，高举着这捶衣棒，太阳刚升起来的时候，红色圆球好像要被捶衣棒抛开了去，捶衣棒落下时，那些衣服皮开肉绽，似乎生活的苦都能甩挤出来。

她动作麻利，这一上一下之间，天地间溅起了朵朵水花，零星的肥皂沫落到河边，在瘦瘦的河脉飘走了，透底的清澈，几条小鱼迎迓这不速之客。

河边开始安静了。

盆中的衣服越来越少，母亲手撑着腰，生我的时候月子没有坐好，落下腰疾，累了她便坐在一块卵石上，那石头滑亮滑亮的，中间有很微浅的臀印儿，水刚溅上去，颜色明暗凸现得明显，它是母亲疲惫时的依靠，也是空寂无人、独坐时的思忖。

母亲平时一直手中不得闲，跟父亲若有所思、吸根闲烟、一吐为快的状态相比，母亲好似这沉闷的棒槌，全然靠生活的支配，踏踏实实做着生计之内的一件件实事，点点滴滴。

但是后来，随着我细心捕捉的深入，母亲喜欢坐于这卵石间，因为河面低矮，倘若不走到岸边，是发现不了母亲的，她就一个人坐着，棒槌丢落在一边，已经干白，我看不清她的脸，从她背后轻轻传来她的低吟“北京的金山上……”。

这首歌是她的最爱，当年妈妈家徒四壁，初中辍学务农，学生时代，一直是班里的文艺骨干，以前学校搞运动，她上台演奏的就是这首《北京的金山上》，那时候声如百灵，婉转动听，可能上了年纪，给我们唱的时候沙哑迟钝，高音部分像是进入一个黑森森的井，出不来，猛地跌落下去，再不断旋转，却磨不出星光。

她还是乐此不疲地教我们唱，童谣全部被红歌占据了，我们却不领情，有时候笑她唱得不好听，她便在那卵石间坐着，唱给星光日月、土地山川听，这是她生活之外的一点儿浪漫，与他人无关。

这捶衣棒，多用枣木，木质坚硬光滑，造型扁圆，手感好。老家有过这样的说法：新棒槌使用前必须在腌咸菜的缸内浸泡数日或用开水反复煮几次，否则遇湿易出现裂纹。

刚开始买回来的时候被当成宝贝疙瘩，但农务所需，一直敲敲打打是常态，束之高阁才是诟病，农家人讲究实在，这捶衣棒历经风霜，难免会有裂痕，表面清漆早已纷纷掉落，那被水洗过的暗白，不加修饰的简单，竟渐渐有了返璞归真的况味，阳光晒过，凑近了闻嗅得隐隐木香。

就像母亲，曾经也是别家的女儿，出落得水灵俊俏，小心翼翼地怀揣着理想与心事，为人妻人母后，倾其所有地付出，有过孤寂与温暖，容颜渐老，可在我们眼里，母亲何曾老过，岁月何曾斑白？

感谢这捶衣棒，陪伴着母亲的朝朝暮暮，也将我们的生活萃取得干净通透。

岁月，竟深藏如此诗意与生生不息。

信件

时光清浅，白驹过隙，记忆中的信件，很暖，且长。

村中桂叔南下过广东，他是村中最先走出来的一批人，他穿着时尚，所有九十年代初的元素都有，一颗镶嵌金边的牙显摆出随时要发作的酒瘾。他瘦小羸弱、微驼，有时候突然笔直站立，估计是想起了要注意仪表之类的。他微卷的头发如荒草蔓延，任其滋长，总是抹了一层层油，像是发黑的煤矿被淋了一场雨，有时忘记抹油，吐两口唾沫，在手上搓了直接把头发往后一捋，一条翘边皮花裤总是让他走路小幅摇摆，耳后长年别着一根香烟，大白天的也戴着墨镜，别人看他都有几分异色，他说话总是掷地有声："现在种田赚不到钱，累死了……要找路子！"

经过他家门前，总是听到他嚷嚷着不想种田，次数多了，桂叔的父亲柴爷就跟我们邻居抱怨："这个讨债鬼，狗腿子一样，竟然说不想待家里了！"呵呵两声作罢。

总这样说，大家也就没有放心上。桂叔读完小学就辍学了，想去外面闯荡只是一时疯话，田种得好好的，是怕农活太累吧，他的牢骚只是年少轻狂的辅证，权被当玩笑话。

加之他是家中独子，几代单传，还有个终身未娶的叔叔。

“父母在，不远游，还有个叔叔！柴爷别瞎操心了。”众人安慰着柴爷。

有一天，桂叔匆匆走了，没有留下只言片语。

连个信件或者纸片也没有。

这是村中大事，柴爷在堂屋不停跺脚，捧着脸的手上时不时有涕泪溢出来，也顾不得了，他脸上的皱纹就像毛毛虫身上的皱褶。一夜未眠，脸色惨白，混沌得眼鼻嘴扭作一团，毫无精神气，左手扶着桌子，右手用力捶打着大腿，瘫坐在长条凳子上，旁人的劝说一句也听不进去。

村中那几日都帮忙四处找寻，桂叔去过的鱼塘，平时玩得好的旧友，发呆的草垛，方圆几公里，都找遍了，无果。

那几日不知道柴爷如何熬过，大白天的，一切恍惚着，众人的紧张意识也淡化了，一切似乎又恢复了往昔，柴爷是如何安放这情绪的，无人知晓。

有一天，爸爸收到一封信，上面歪歪扭扭标明，要爸爸帮忙读信给柴爷听，爸爸跟桂叔是发小。

爸爸看完信就匆忙出去了，回来后说桂叔在深圳找了个厂上班，让大家不要担心，他跟在老板后面，吃得好喝得好，晚上也睡得着。有回应就好，这个桂儿也不至于太离谱。

那一天，黄昏的天气特美，烟柳垂满岸，飞絮淡淡起，行人不小心吸着，打了喷嚏也乐意，空气就像流动的水一样透，看得到很远的炊烟，高空还有平时很难见到的老鹰。一群人撸了一把草，在我家院落里闲聊。

以前柴爷总是挑着粪桶从门前悠然走过，步态稳重，如履平地，现在远处的他大幅度地晃动着粪桶，那两个粪桶争先恐后要窜上天，风一吹，臭味呛人，粪直往外洒着，还奔我家来了。他歪歪扭扭地拐着走，口水直往外蹦：“根儿，帮我读信，看看讨债鬼说了什么？”

这是桂叔第二次来信，柴爷天天就在门口眼巴巴等着快递员，有事没事总问有没有他的信，大家也都帮他特意关照起来，家书烽火急，苦了柴爷。

院子里坐满了人，柴爷也顾不得了，抖动着撕开信口子给爸爸。

“爸，我在外面挺好的，让你担心……”爸爸开始读信了。

余晖从屋檐的墙角斜射进来，跟信件打了个照面，信件发出柔和的光。柴爷眼睛微启，嘴角荡着浅笑，腿蹲了很久也没感觉到麻木。信中都是一些生活上的琐事，例如结交了什么朋友，一日三餐如何，工作时间怎么样，去了哪些新的地方等。

读到“就是——”，爸爸顿了几秒钟。

“怎么了，根儿，他是不是出什么事了？”柴爷嗖的一下站起来，身子扭到了信旁边。

“就是——现在有时候睡得比较晚，会想家！”爸爸继续面无表情，跟柴爷念叨起信。

“兔崽子，谁让你不回家，不回家——”柴爷哼了两声，跺了一下脚，斜视着远方，突然眼睛变得暗淡下来，和远处的辉光一点点落下，“继续念！”

爸爸继续念下去，在我们听来无非都是稀疏平常的事，但是柴爷听得入神，时不时发出“啧啧”声，中间掺杂着“兔崽子”的愤愤声。天渐渐黑了，他的眼睛愈发亮起来。

已经读完了，柴爷赶紧凑上去：“根儿，那段他学做菜的那段，哦，还有那段他去罗湖，是什么湖的，是叫这个的吧？那个再……还有……再念念吧。”

爸爸翻了翻信件，重新把那些片段又念起来，柴爷咧着嘴巴。河边一只蜻蜓飞过，停在岸边的树桩上，稍微停歇下就飞走了，天气燥热起来，没有一丝风。

他们就在那边念信，念完了，柴爷将信接住，在手上摩挲着，再折叠小了，捏在手心。

“今天出了一身汗，这个东西放我口袋里会有汗，根儿还是帮我用信封包起来，外面再套一层塑料袋。”待爸爸帮他拾掇好，柴爷起身走了，心里像放着一段哀乐，脚踏着那节奏，走得缓慢。

“桂叔跟人打架了，幸好没有铸成大错，前段时间肠胃还吃坏了，拉了几天肚子……”爸爸跟妈妈闲聊的时候说起来，“但是这些事也没有办法，他又不肯说他的地址，我是知道桂儿的，他才不会想老爷子的，没有钱的时候才会想，但这次不知道怎么，竟然没有说要钱。”

爸爸在屋子里叹着气，有些信的内容，爸爸没有读出来，因为这些事改变不了。往往一句话、一段文字，会让柴爷担心很久，干瘪的脸上像落霜的枣，成天笼罩着灰蒙蒙的愁云。

信，都没有回信地址，桂叔在那边工作估计是打一枪换一个地方，他总是耐不住性子做事。

不知道爸爸是怎么读那些信的，如何巧妙地把一些无能为力的愁事掩过去。

柴爷的身体依旧硬朗，一天天盼望着信件，兜兜转转一年过去了。

年轻的时候，把自己抛到社会上，设身处地，谁不经历点挫折？爸爸跟桂叔所面临的愁事，都是生命可承之重，所以爸爸没有读出，深知这些伤害与磨砺是桂叔必须面临的一步。但是柴爷年纪大了，有的事情抗衡不了，即便他精神能经得起敲打，身体也不准许了，它们已经不能同步了。

信慢慢有点厚度了，它们迟早会掩于岁月。

后来，从爸爸口中读出的信，抱怨的内容越来越少。

第二年腊月一过，桂叔回来了，那天，村里很多人都去看他了，村中有谁长时间没有回家，大家都会去看望，整个村庄就像一块拼图，拼图的某块丢失了，大家会四处寻找，找到了，多看几眼才心安，大家都替桂叔捏了把汗。

去了一趟深圳，桂叔没有变得更时尚，倒是瘦了很多，也不跟我们多提在那边的事情。那个霓虹灯闪耀的城市，倒是让不甘平庸的桂叔心情安定下来，那个执拗而张狂的少年，渐渐有了温润的模样。

桂叔回来后，柴爷憋了两天没有说一句话，第一句话是端饭给桂叔吃，狠狠地往桌上一掷说了句："趁热吃了！"

后面几天，话才开始多起来，心照不宣地好像什么都没有发生过。

孩子不在身边，锁着书信，不认识字每天却看着书信揣想出无数心事与回忆，信件成了煎熬与痛苦的烙印，柴爷把那些信件都撕掉了。

那些信件中的部分内容，也就成了秘密，不再被提及。

初识

一夜朔风尽吹，醒来繁霜满地，只觉寒更切了，我裹紧大衣，竖着衣领，蜷缩成核桃状地乱颤，往诊所赶去。

本是大寒天气，又碰上体内风寒，烦恼更盛。

院落空无一物，只有一些落叶、细小垃圾、纸片绕着圈，互相追逐着似要翻飞上屋顶，推门而入，突然被一股暖气席卷了去。

诊所的医生这几年换了好几批了，这个穷乡僻壤的地方，为了响应政府医疗政策，定期会有镇上的医生轮流过来值班，但没有人愿意一直待在这里。这里主要也是看些小毛小病，按照以往经验，去几次，他们很快就会认识我，我是诊所的常客。这次来了个新面孔，他们喊他王恒之医生。

屋子中零散地坐着各类人，凳子横七竖八地卧在空地上，他们交头接耳，窃窃私语。拨开人群，才看到王恒之戴着个老花眼镜，在那边开着药方子，寥寥几笔，手麻利地在空中比画着，本子上密密麻麻写满了一些用药禁忌。

不管是张开干裂双唇，豁牙露齿，咧着嘴有津津唾液顺着嘴角流出，努力哈着气的大妈，还是做工时腿被石块砸中，指甲发紫，腿间流着汩汩鲜血，有的血已经凝结，厚厚地粘在满是泥灰的大腿上，肉皮粘连着裤管撕扯得疼痛的大叔，或者是皮肤溃烂、生疮、密密麻麻长满各种癣的客人，王医生总会细细看，或蹲坐，或并步，或直立，或趴卧，或歪斜身子，或双手交替，一双指甲缝发黄的手拿起各种工具，变换着各种姿势帮病人检查、擦拭、诊断、上药。

他口中发出的音调像一碗端平的温水，不起波澜，但温和有力，声音一字一顿流出，清晰沉稳，安抚病人时，又柔声细语。他治疗客人的明症部位时像在雕琢一件工艺品，病人脸色舒展开，还跟病友绘声绘色聊起病症的感受，看有没有可以警诫他人的地方，屋子里一团和气。

遇到年龄大、耳聋、目瞑、花白的孤寡老人，他会凑到他们耳边，把手捂成灯笼状，将自己想说的话团成一股气，耐心解释清楚，老人眉开眼笑，眼里满是感激。他在桌上压着的玻璃下拿出两张有颜色的纸，写着画着，一张包好药剂，一张递给老人，凑到他们耳边提醒用量，不忘嘱咐回去把纸交给子女，方便提醒监督，再拍拍老人肩膀，帮他们掸掸尘，送他们到门口。

有些人费力地描述自己的病症，表象与常人无异，说不清道不明的局促不安让他们面露难色，此刻，医生跟病人之间，有一道鸿沟需要逾越。王医生将他们杂乱无章、只言片语的表述拼凑完整，定了下神，开始卷起袖子，给他们把脉，屋子里安静下来，他一步步追问，几个回合下来胸中了然，做出诊断。我不由感慨：这需要多少的倾听、判断、学识的积累才能抵达彼岸。

农人整天面朝黄土背朝天劳作，来看病时脚丫上的泥垢刚干；有的一脸凹陷，枯瘦的脸上就包了一层皮；有的结结巴巴，拧着手，不知道怎么跟人交流；有的头发满是灰尘污垢，头发来不及打理；有的突遇意外赶来，身上残留有猪食味、油漆味、淡淡的农药味等，有的伸出来的手干裂溃烂。各种味道、色彩、情绪在这小小的空间释放，这个诊所成为他们唯一爱过自己的证明。

王医生就在这里接纳了他们所有的生活。

很快就轮到我了。

“医生啊，我这孩子经常打针，最怕打针了，你看能不能慢点儿？”妈妈直截了当。

以前的医生给我打针像在拉灶台旁边的风箱，下手又快又猛，虽会让我疼痛快速终结，但后面给我带来的长长久久的心有余悸，就不是他们所关心的了。

我怕打针，也是来源于不能主宰自己命运的无力感。

他半蹲下来，与我打针点齐平，提醒我打针就当被蚊子蜇了一口，然后跟我聊起打完针想吃些什么，在我憧憬间隙，针尖被轻轻戳进去，一丁点儿的疼痛我来不及避让，他开始用左手在针眼旁边轻轻地揉着，针尖缓慢向前推进，疼痛察觉不到了。

他就这样推着。

我注意到屋内铝锅的水烧开了，扑哧扑哧冒着气，里面烧着很多个针管，以前没有一次性注射器，都通过高温煮沸消毒，器械消毒往往用酒精点燃烧烧，静脉注射用的大针管和胶管输液器来不及消毒时就用开水涮几下。他把刚煮过针管的锅倒掉沸水后，重新再煮沸一次，直到针管在铝锅里跳跃着，蒸汽直直往上蹿，烟雾在屋顶变成舞动的各种兽虫的形状，他才安心。

屋内立着几个简单的输液挂水的木架子，两个出诊箱，旁边是血压计、听诊器、方盘、镊子、手术刀具、拔牙钳，还有一些针灸针，一些药剂瓶被锁在半截高的有透明玻璃的柜子里，一些装着药水的棕色瓶子放在看病的桌子上，被擦拭得一尘不染。屋角有个小书架，很多书的边角已经磨损，纸张凸出来很多，装订线歪斜着，书桌里有一些家人的照片，有的已经褪色泛黄，有些年代了。

我的眼神就在他不大的屋子里流转，旁边人等得不耐烦了，嘟囔着，问什么时候好，随后神色变悠然，微笑着说："王医生，我第一次看到打针这么有耐心的。"

他就这样保持着半蹲的姿势，有十多分钟，在这十多分钟里，暖阳满目，风声撞击玻璃的声音几乎听不到了，流云飞掠，只留片片蓝天，把窗台印染得幽雅，窗外变成巨大的蓝色幕布。

我知道，以后除了身体上受点疼痛，心理上的疼痛会随着这些扎进去的针眼，慢慢变成希望，渗透到全身，跟药物一起。

冬景暖而清，那些回去的崎岖的明晃晃的道路，连落叶都泛着金光。

压面店

在我们老家，面不是主食，主要是日常换口味的福利。

“今天吃面可以吗？”妈妈将几斤小麦白面，用布口袋压紧实了，递给我跟姐姐，“你们两个帮我去压点儿面吧。”

供销社撤销以后，镇上空置的房子被以前在供销社上班的人员租用，开了诸如压面、碾米、换油、修锅、修鞋等功能性的利民小店，小镇麻雀虽小，五脏俱全。

我们平时没有一点儿零花钱，只有帮家里买东西的时候，才有特权，多出的零头买点棒棒糖，作为帮忙置办家用品的一种奖励。

“你妈妈今天给你们加餐了啊！”驼叔出来了，他个子不高，先天性严重驼背，背上像扣了一口大锅，衣服被穿得腾空，走路时，后背一颠一颠抖动得厉害，人已经走了，那口锅才慢半拍跟上去。他平时说话柔声细语，带着一股浓厚鼻音，可能是驼得太厉害，一直弓着身子，憋着一口气团在胸口上不来，每次去压面，他都很客气，老远就踏出门槛，急匆匆伸手过来帮忙拎东西。

他那矮小的屋子，用泥灰东抹西抹，像一片片明暗交替的乱云堆簇，屋子里只有一架老式压面机，一套简单的榆木桌椅，孤零零立在墙角。

他笑着将面倒进一个大竹匾，眼睛咕噜噜转动着，轻轻用水瓢一点点加水，再掺杂点盐巴，让面慢慢化开，他那短小的手臂左右晃动，借着身体的蛮力努力扭动着，掉有面粉屑的地面上硬生生起了个白色旋涡。

和好面，压面机开始工作了，那轮子有节奏地轰隆隆地一路欢歌，主动轮和被动轮丝丝入扣，吱吱欢唱，面团被压成片，像一条条飞流瀑布。

停电是常事，此时驼叔便大声唤“老婆子”。

王婶冲出来了，胳膊肘支开驼叔的肩膀：“老头子，你让开！我来！”

王婶跟驼叔是一个镇上的，先天性面部痉挛让她的鼻子被嘴巴挤到脸的一侧，笑的时候得把眼睛眯起来，这样才能腾出地方绽放出笑容。她高大威猛，比驼叔高出一个头，力气很大，不在面店的时候，会跑去几公里外的卖猪场剁肉，以补贴家用，不让驼叔多走半点儿路。

她稳稳地握住压面机上的木质手柄，由于常年的摩挲，手柄被磨得油光发亮，还没等手柄回落到起点，她的手顺势往上，仿佛抓起一团空气，笃定地等着，利用惯性将手柄轻轻往前推，飞轮吱呀吱呀转着，驼叔在旁边呵呵一脸傻样，“还是我们家老太婆厉害！”

在我们看来，这些压面动作枯燥乏味，几个回合下来我们有点儿不耐烦，眼神在屋子的里里外外，游离了一圈又一圈，屋内白茫茫一片，啥也没有，远不如驼叔眼中的世界，亮如星辰，拼命转动着王婶的影子。

王婶把碾好的面用细竹竿串起来晾在后院，那些面密密麻麻、一排排如窗帘整齐排开。

“太阳下山了，就过来拿哦！”夫妻两个亲自送我们出门，不忘关照一句，“让你爸妈来玩，代问好！”

傍晚去拿的时候，面被卷成几小捆，放置在纸箱子里，这个时候他们女儿放学回来了。

驼叔女儿很漂亮，眼睛扑闪着，一袭长发像垂挂的面条般柔顺，红绸扎个公主头，白净的皮肤看上去很清爽，她羞涩地将面递给我。

王婶跟驼叔一直没有孩子，后来领养了个女儿，女儿一有时间就去面店帮忙。

闲时经常看到三口子一起出去散步，母女俩搀扶着驼叔，一个攀着肩，一个挽着手臂，三人有说有笑。

年关将近，面店很晚才打烊，其他店铺都关门熄灯了，只有他们家依旧亮着一盏灯，机器轰隆隆转着，确保所有主顾的面都有着落。

“来的都是客，平时大家都这么照顾我们的生意，大过年的，更不能辜负别人。过年图个事事顺利！”驼叔说这话时挺直了身板，突然直起来的脊背上的锅像要将他扳倒，有点站立不稳，他摇晃着身子。

镇上很多女孩上完初中就辍学务农了，他们坚持让女儿一直读下去。

“正因为是我们抱回来的孩子，我们才更要让她读书，不要因为我们不是亲生父母而让她有任何可能的遗憾，也不能让她的亲生父母有遗憾，这孩子以后的路长着呢！”驼叔经常念叨这句语。

“我们夫妻两个，一个嘴歪，一个背驼，天生一对，谁都不嫌弃，这辈子扯平了！”驼叔闲聊时喜欢开玩笑。

“哼，要不是你背驼，我当年也不会嫁给你，还不是看你背上多一点儿担当。”王婶噘起嘴巴，半掩着脸，将鼻子往边上推了推，咧着嘴傻笑。

众人笑得直不起腰。

驼叔一家什么都放在明处，向来不遮遮掩掩，面面俱到地敞亮。

看的人、听的人，心耳也就都在明处了。

换句话说，别人是自己的一面镜子。

附近村庄的人，也都很照顾他们的生意。

其他的店不停易主，或者雷同的店铺开了好几家。

唯独这家面店，仅此一家，一直开着。

割麦

太阳把地面晒得火热，布谷鸟的声音近了又远了，整个天空回荡着它们的叫声，天际拉得更长了。

麦子没有割的时候，乡村是金黄色的一片。清晨吸尽朝露，麦穗沉甸甸的，正午水汽蒸发干，田野被照得明晃如镜，刺得眼睛生疼，晚上，蛙叫虫鸣，一阵风摇曳，萤火虫走走停停，让人贪恋这隐隐微光。

又是一年麦忙时，焦头的麦子可不等人。

“明天开始割麦了！”妈妈晚上准备好长袖衫，月色能照得见人影，目测明天是个好天，她拿出几把锈迹斑斑的镰刀，走到水坝旁边的磨刀石旁，来来回回“噌、噌、噌”地磨着，身影淹没在月华中。

她早早便睡下了。

天还没有亮，她就穿着那件的确良衬衫出门了。

因为汗渍长时间的浸染，在田地里与麦穗的撕扯以及与手臂的经常摩擦，衬衫已经薄旧得看不清原本花色。

每次割麦子她都会穿这件，晚上回来洗晾干了第二天继续穿，就像战士打仗要穿战袍，这是一个让她鼓足干劲的信号，或者她在内心寻找某种生活的仪式感。

早上的露水很多，走进麦田裤管就湿了一片，金黄色的麦田与湛蓝的天空断然分离，大地清明，庄稼地像水洗了一般，泛着各种植物的香气，虫鸣也能清辨，这时的麦秆沾满水气，湿润有韧性，此时大地和颜悦色。妈妈给自己圈定一个小范围，弯着腰，顺手撸起一把麦子，用镰刀揪起麦根，开始割起来，一点点挪动着位置。

大概早上九点，太阳光移动得很快，跟着我从厨房一路追到卧室，整间屋子开始燥热起来，热气蒸得我脸滚烫，额头不停渗汗，夏天的感觉确定无疑。

奶奶准备好两大壶冷却的红糖水与白开水，让我给妈妈送去。

我走出屋子，一脚踏进阳光里，准备一场热水浴，一鼓作气冲到了田埂上。

麦田收割过的地方像是被剃过的光头，田里来来往往穿行的人让宽阔的田野变成流动的血管，沸腾着。大片的金黄、淡黄、黄褐色、棕色充斥着眼睛，世界成了黄色暖流，在烈日下，稠成一片。

日头变得毒辣，乡邻的脖子晒得通红，像西瓜皮上的纹路，脸上留下一条条水道子，汗珠子从头皮不停往外冒，后背的衣服被汗水吸住，黏糊糊的，太阳一会儿就把衣服晒干了，一会儿衣服又被汗浸湿了，干了湿，湿了干，最后衣服变得硬硬的，手套上沾满了麦芒，把胳膊、腿上刺满了红点点，脸上的汗，让眼睛睁不开，用袖子去擦拭，汗水里的盐分蜇得人刺痛，若不擦，流到眼睛里生疼，平时热情打招呼的乡邻都像瘪了的茄子，被吸干了轻松的表情，只是低着头、闭着嘴巴、眉毛揪着、弓着背，压着镰刀往前。

往远了看是风景，往近处看才是生活。

就拿我们家来说，妈妈是收割的主力，爸爸白天晚上不停倒班，腿脚也不灵便，每年农忙，对于妈妈来说，是场避不开的战役，有五亩地需要她独立完成。

农忙有多热烈，她就有多孤独。

别人家是几人一起上阵，田间打着号子，分工明确，割麦的割麦，搬运的搬运，累了一家人坐田埂上短暂休息，拿着提前准备的干粮和水，小小的一爿地支不起这溢出的热闹。

妈妈身形小，匿在大片的麦田里，如同一只小小的蚂蚁，在沙漠中独行。

她刚割完一行，开始捆麦子，她麻利地蹲下身，揪住麦腰两头，使劲拉拽在一起，借助膝盖的力量把麦秆压瓷实，一扭一压就捆好了，因为用力，牙齿被咬得咯咯响，瘦小身体勉强挤出了一点点力气，费力坚持着。

我拿着水壶到了田垄，妈妈脸上布满了汗水结晶后的盐粒，她半跪着，拿镰刀柄撑着地，头挨着柄把儿，准备喝水休息片刻。她用手提了提湿透的衣服，咧着汗滴不断的嘴角，说道："割麦真是件很辛苦的事情，你们要好好读书，人生才有更多选择！"

她说这句话的时候，只有嘴巴微微张开的木然，没有其他表情，应该是一直在脑海里重复，而不小心脱口而出的肺腑之言。

她咕咚咕咚灌完我递过去的水，就让我赶紧回去，说她要赶工，田里太热，小孩子不经晒。

我拿着她递过来的水壶，背过手去，走了几步总想着转过身来。

天很蓝，云层呈撕裂状，薄薄的，感觉用力一点就可以撕扯点下来，村舍的大理石墙面反射出一道道刺眼的光，将热气变得尖锐而有杀伤力，热浪照得人的脸呼呼流汗，怎么也擦不干。

妈妈突然撑起腰，望向远处割倒的熟麦和远天的流云，不停用袖口擦拭她粘满汗津津头发的额头，长长地喘口气，再拉了拉袖口，定了定脚步，稳稳立于大地上，沉吟片刻。

不容自己休息，她又继续弓着背，像被袭击过的龙虾，头使劲往下扎，只能看见她的背，迅速往后退，抓一撮、割一把、拢一下、退一步，矮小的她在麦田里从南边到北边，再到南边，一行麦子不到头，她头也不会抬一下。

坐卧是道，割麦也是道，道就在手上，看似后退其实向前，生活看得到远方，就是走在向前的路上。

我开始盼着太阳赶紧落山。

熬到太阳沉落的光变成焦黄色，余晖散落在后院山墙时，时间就开始走得急了，人们开始忘记白天太阳是如何炽烤大地，面目可憎，天色渐渐暗下来，晚风迎迓，一切变得可人。

大自然与农人的生活休戚相关，像一对吵过架很快和好的乡邻，哪有什么隔夜仇，心中着急也只是当时的天气不遂人愿，无非只想把事情顺利做完，企盼春耕秋收一切和顺。

爸爸一下班，丢下自行车就跑到田垄边，跟妈妈说起话，她的话匣子就打开了。

麦浪被太阳晒干后有着敦厚温暖的味道，风吹过来，麦子一边倒，似听懂他们言语。

有时候，人能经得住最苦的事，往往是心中蘸着爱与希望。

舍一场晚风，都成浪漫。

第三辑

灶房

正屋旁边的灶房，是我经常光顾的地方。

童年味觉是人之初对生活最初的感喟，灶房里藏着的那些影影绰绰的记忆，是云谲波诡的尘世间，焐在我心底的那抹温热。

一年四季，总有不同的盼头，春天去荒地里刨一些类似荠菜、马兰头、地木耳、马齿苋等野菜是亲近自然、回归野性最直接的方式，看见满坡的野菜，趴着身子闻下去，俯身去感受大地的呼吸，摘回家剁碎了包馄饨。周正种植的蔬菜平日娇生惯养地侍奉，轻易可得，是农家囊中私物，成为自家独享的粗茶淡饭。倒是这野菜，是荒弃之地的无私馈赠，让灶房因此有了别样的期待，通常会分予一些给左邻右舍尝鲜，农村的日子一来二去就灵动起来了。

夏天则是考验人的时候，菜品不多，孤零零地长在院落中，一些果瓜的藤蔓喜欢攀过砖墙，绕到别处去，顺手摘一些回家凉拌，倒也别致。夏夜奶奶会把灶房弄得油香四溢，麦香扑鼻，她把大米炒煳了，做大麦粥，清爽解腻，最后沉淀的几粒大米也是柔糯香绝，口齿留香，配上油炸的各种面食、茄饼、菜饼、蛋饼等，搬出槐木餐桌，夏天的傍晚朝霞满天，偶尔会有火烧云，所有的一切染上红光，家人端着果茶在灶房进进出出，农家乐事悉数登场。

冬天，横梁上挂满了风干的各类咸鱼、腊肉、香肠等，灶房内的柴火总是烧得旺盛，家人用剪刀剪一点腊味，在阳光下晒会儿，放在饭头上一起蒸，饭好了，腊味也熟了，一股咸香的鲜气，沿着热气向上升腾，家人忍不住夹起一片，于唇齿间撕磨，点评下咸、淡，像农民点评每年的收成，吃咸了不好，家人一边互相监督着频频伸向菜的筷子，一边聊着家常。

最有意思的当属秋天，我们家在村子正中间，有个小型河坝，秋收时节，从早到晚，一直有打号的农人从门前经过，经常有人过来讨口水喝，他们到我家用水瓢从水缸里舀满水就咕咚咕咚灌几大口下去，喝完抡起肩上的湿毛巾将脸上的汗渍擦拭干净后，光着膀子大口喘吁着出门了，奶奶经常拿着一些临时洗好的果蔬追出去。那时候，经常可以在田间打得一些野味，小的就不去细说，瘆人的是有几次抓到碗口大的花蛇，众人合力才将突然窜出来的蛇制服，大家拎着这软软的尤物到我家中让奶奶蒸煮，我吓得躲进房间，大气不敢出。奶奶将剥好皮的蛇肉在大锅里用水蒸煮熟了，夏夜凉风习习，皓月当空，农人纷至沓来，将这大蛇瓜分了去，用盘子盛一点，小心端揣在怀里，舍不得吃，每人分得的很短一截留给家中的孩子。我吃过一次蛇肉，味道确实鲜美，但也是唯一一次，很长时间，我一直理解不了这种野蛮的吃蛇行为。

其实怨不得农人，乡村的土壤，养成了他们直来直去的性格，毕竟蛇闯入他们秋收禁地，也会咬伤人，土地是不容冒犯的，对土地本能的保护是原始的、单调的、真实的。

除了吃方面，灶房承载了另一段温馨过往。

我想养宠物，开春后奶奶想办法帮我一起孵小鸡。她提前用麦草帮母鸡铺个小窝，让母鸡在上面孵化，地点选在灶房，灶房温度高，白昼温差小，十天以后，奶奶开始在灯光下照鸡蛋，鸡蛋里会有一小圈阴影，照见的留下，其他是水蛋，第二十一天，小鸡开始用小尖嘴啄蛋壳，先啄开一个小口子，再慢慢变大，它们顶着湿漉漉的毛发一点点出来，毛茸茸的十分可爱。见证生命的出生是件很有趣的事情，我静心饲养我的小宠物，开始给小鸡喂一些奶粉，它们一点点长大，黄昏时分，它们身上铺满了一层层金光，在院落里追逐扑打，我一只只赶着进鸡圈，有一种使命感。那些小鸡破壳而出的画面，成为我内心深处挥之不去的坚韧力量。

至于说在灶房角落里为找寻几只蟋蟀而被打翻的菜坛，因为没有零食而偷偷去厨房舀两勺红糖解馋，把奶奶送人的脆饼掰开边角后偷一点儿躲门缝里吃，在奶奶刚做好的桂花糕里舔两口的种种，不知道奶奶都发现了没有？这些都成了我与灶房心照不宣的秘密。

如今，灶房早已拆迁，苍茫大地上行走，麦田也变成了一片蟹塘，远天星空被黑夜中斑驳的低矮树影吞噬，散落在一边的路灯的辉光变得暗淡，只剩下我的呼吸与疼痛。

玉

桂影斑驳，月光落清辉。有的花，身在香中不觉香；离了身子，不经意地入侵，才觉沁人心脾。

村中有一景：一座矮平楼，只有一层，半身染灰漆，半身着土色，庭前两棵桂树，在周围高楼林立的村落间倚身。月近了，月影渐渐疏离；月远了，繁花点点映衬。

那是纪玉家的院落，尤美。

常年无人在家，木门褪了色，正门上的朱红色油漆已经剥落，生锈的铁锁更显厚重，新刷的白色外墙被月光照得发亮。

靡靡风还落，菲菲夜未央，长夜漫漫。

时光啊，轻轻绕过庭院，穿梭半个世纪，去寻一点绵绵记忆。

周围全是矮矮的土坯房，单薄的铁窗户，贴着油纸，没日没夜哗啦哗啦刮着，芦苇铺就的屋顶，时时有风漏进屋。泥地上奔跑的孩童，一年四季穿着开裆裤，呼呼北风吹得大地干裂，也冻不坏他们光着的屁股。田里总有干不完的农活，此起彼伏的打号声不绝于耳，乡村是灰色的、贫寒的、枯燥的、乏味的。

这个院落却是一番热闹景象，屋子“实砖实盖”，“实砖”指墙壁里外砖砌，“实盖”是梁椽为木，当时女子如果能嫁入“实砖实盖”的人家，相对于当今年代的嫁入豪门之说。家中粮满仓，桂花香飘四溢。

玉父母都在上海老钟表厂，祖上后院一大片竹林，玉一直念到高中，学识满腹。

就在这院落里，华骑着自行车来相亲，她人高马大，皮肤白皙，落落大方，在老家教过几年书，浑身散发着书卷气。

他们可谓一见钟情，门当户对，这样的结合天衣无缝。

他们婚后的世界很慢，很浪漫。

种庄稼时，别人家把菜籽一排排全种下去了，他们还在田垄上，东一句西一句地搭着话，消磨到太阳下山，乡邻互道明天见，他们才拿起锄头，慢悠悠地散步回家。

一大早，别人家急着去上班、下地干活，他们慢腾腾地将麻绳在两棵树干间拉开，笑呵呵地抱出被子，晒在麻绳上，太阳好的时候端张凳子在树下眯着眼打会儿盹。

农忙时候，打麦机按次序一家家挨着过来帮忙，别人家像拨浪鼓快速翻转着麦穗，他们则捏捏袖套，摆弄着头发，像在雕刻一件艺术品。

打麦机机主忍不住上去拎起几捆麦子，独自跑到机器上啪啪打起来，一肚子闷气。

过年的时候，家家户户忙着准备年货，人们擦拭起灶台、桌椅等像刨黄瓜，下手快、眼准，灰尘顿时无处藏匿；他们则拿着鸡毛掸子，在弯弯仄仄的角落里，慢慢拂着衣袖，像在唱戏。

收庄稼了，别人家忙着收割、翻地、施肥、播种，他们却能让黄豆枝枯在路边，丝瓜老于藤蔓下，西红柿滚落一地，以地面散发出酸臭味收场。在他们看来，所种的菜能应付每天的菜量就已足够，那些没有及时采摘的果蔬成了肥沃的养料，归于尘土，也挺好。

玉毕业后分配到一家建筑站做财务工作，当时计划经济，起房买材料供不应求，需要费点儿脑力搞关系，玉从不兴这套，也从不溜须拍马，一切公事公办，企业改制后，他在九十年代初下岗了。

华一直在家务农，玉跟人说：我不要求华做饭手艺多好，不想她在家里太劳累，我回来有个热饭热菜的人，就有家的感觉了。

村头开了一家小型零部件加工厂，是位个体老板开的，都是纯手工劳作，平时村上农人不干农活时会去那做点零工，玉就全职在那儿做着不用费脑的活计，机械地重复着同样的动作，日复一日，农忙时他会唤位乡邻帮忙过来搭下班，他很少请假，一直兢兢业业，工资却少得可怜。

人们都说，玉的书真是白念了，不思进取。

几十年来，农村发生了翻天覆地的变化，出去打工的人渐渐多了起来。

别家陆续盖起高楼，只有玉的院落，还是那几间平房，树高屋低，在一座座鳞次栉比、铁栅毗连的新农村世界里，玉的院落显得很冷清，他家还一直沿用旧式马桶，晨昏时分，华在河里洗尿罐的背影，让人心生芥蒂，显得与当今世界格格不入。

有人说，真是三十年河东，三十年河西，富不过三代。

玉的妈妈也是悠悠然过日子的人，她总是手挎着织衣服的篮子，从东村串门到西村，说话时一字一字轻吐出来，偶然在华做家务的时候搭把手，但是往往两人一聊上话就是半天时间，总是把正事忘了。在猫洞里的猫换了一批又一批，日子在他们悠然的节奏里生了茧。

有一天，玉用老式木板车拉了两位老人回来，这两位老人是华的父母，在家跟弟媳相处不愉快，玉便跟华说，三个人过日子也是过，五个人过日子也是过，你这一天天为娘家事愁眉不展的，这样的日子是煎熬，过了也无趣，就亲自接华父母过来住了。

从此，院落里热闹多了，新来的老人动作挺利索，只是年事已高，来到华家后，也就放慢心，随他们节奏一起。

玉跟华悉心照顾起这三位老人的起居，大家心照不宣地互相照应，将各自的私心收起来，日子相安无事，小小庭院总是欢声笑语。

后来，华的父母相继生病，华跟玉虽然动作慢，但是翻身、擦洗、换药、洗漱、推行等步骤尽心尽职，老人故去时一脸祥和。

玉的孝心被传为美谈，都说玉没有私心，村干部选举，玉的呼声也最高，他又是念过书的人，也从不跟人脸红，人缘自然好。

玉婉拒了，他说不喜欢决定村中大小事情，跟华过自己的小日子足矣，若掺杂太多人与事，日子就过得不纯粹了。

过日子生老病死在所难免，玉的母亲病了，卧床不起。华身体不好，老犯腰疾，玉便将照顾之事一手揽下，只在必要的时候让华搭把手。玉搭一张小床睡在母亲旁边，冬天冰寒大半夜也经常起来照应老母亲，大半辈子从不好好做饭的他硬生生学做了几样拿手菜，变着法做给母亲吃，还学了一些简单的按摩，帮母亲活动筋骨，经常推母亲出门感受阳光雨露，温暖她半生沧桑的心。

华一直在玉后面帮衬着，他们忙前忙后，日子虽清苦，但是玉见到母亲还在，华又在身边，便安然增添了在苦日子里隐忍的勇气与力量。

玉母亲在世最后一年，土地颓荒，杂草丛生，收益几稀，但为了母亲，一切都值得。

处理完母亲的后事，玉腹痛难忍不再逞强，去医院检查，已是胃癌晚期了，照顾母亲的这几年积劳成疾，奔波匆忙中不按时吃饭，才落得这病根，当时每次总以为慢一点儿，忍一会儿就过去，殊不知一点一滴、不知不觉中大局已定。

帮母亲看病，已经花光了家中所有的积蓄。

乡邻组织给他家捐款，玉高中同学也组织了募捐，华将父母留给她的老宅卖了，家中闲置的地皮她也卖了换钱。

玉说这个病是看不好了，卖房子的钱够看病了，捐款就不需要了，还劳烦大家，结下个心事，他要是走了以后，落下华在人情债中，他心中不安，情债难还，索性一切由他去吧。

玉生命的最后时光只是去乡镇的小医院挂水，好像是在看一场感冒，华总是用三轮车推着玉，从不骑上车去，她一步步慢慢挪着，说骑了速度快，易颠簸。

他们慢悠悠地走过，门前一行水柳，岁月从此一去不回头。

玉依旧不紧不慢，喜欢将自己的东西一点点理好后，仰卧在躺椅上，在阳光下晒太阳。有人到家中探望，他慢慢起身，“哦——嗯——”努力回应着别人的关心与问候，精神好点的时候慢慢列一些账目，跟华缓缓交代自己的后事。

在一个秋高气爽的寻常日子里，玉垂落在华的怀中，走了。

华没有哭得死去活来，相反很平静，在最慢的时光里，他们已经嵌入到彼此的生命，磨成了一样的色调，比别人拥有更多珍视彼此的时间。

一切的事物都在变，唯独他们庭院老屋还是初识时的样子，门前的两棵桂花树，大了一大圈，植物总要生长，人也有老去的那天，这就是自然本身。

桥

从我家到外婆家，要过七座桥。

从外婆家到我家，也要过七座桥。

这是小时候我一直默念于心的句子，桥是一种出发，也是一种抵达。

故乡的桥，形态各异。有厚实的水泥桥，光滑的桥面，镂空无雕花的简单栏杆；有形态绮丽的石桥，纹理不明的桥身，暗黄的石块表面雨天湿滑；有摇摇欲坠的木桥，局部已经腐坏，桥面青苔遍布；有童趣盎然的田间小桥，仅几块千疮百孔的废木顺手相接。

桥的用途也是千姿百态，有的让交通更快捷便利；有的志趣所需，徒增小桥流水的雅致；有的便利他人，是不苟雷同地随心而设。

它们勾勒出农耕生活的朝朝暮暮，清晨踏着朝露上班去，车轮碾过桥身，生活也有了满满的蓬勃之气；植物洗过一般，农人偷得早日凉意，去田垄间劳作，桥上留下匆匆步履。

生活再忙碌，总需要有个拐角。黄昏，下班的人踏着暮色，要过桥了，悠悠摇着铃铛，放慢车速；歇息的农人，打着号子，神情悠然走过木桥，回家的路因此变得轻盈。

于是，走过的路、跨过的桥成了时间流逝的证明，我们数着日子，努力让生活变得丰盈。

桥渐渐在风雨中侵蚀，在时间的罅隙里碾转成歌，但不管桥身如何朽坏或伟岸，桥下的河水总是潺潺而流，水花晚色静年芳的春潮，满塘素红碧叶的夏溪，漫漫轻云露月光的秋水，水落石出的冬日河床，没有桥的衬托，凸显不出流水迥异的四季轮回，桥默默伫立，静守这一切。

童年时候，最喜欢的是夏夜的桥面，纳凉的好去处。

月上树梢，萤火微光，我们趴在桥身，微风起，各种倒影摆曳，水中的天、星、树影、月……扩大，散开去，有人用竹篙在水中划开去，哗啦啦的流水声伴着远处的蛙鸣，似一首温柔夜曲，那些大人，扇动手中蒲扇，腿盘坐在石桥上，天南海北乱侃一通，顺手帮自家孩子拍打身上蚊虫，有的孩童过于顽皮，被大人拿着蒲扇追打了去，笑着，嚷着……老人们静静地坐着，讲起以前的老故事，一些逸闻趣事引得众人凝神屏息，夏夜变活了。

桥是一个载体，支起了这份热闹。

在老家，桥还跟很多习俗相关，代表一种“渡”的文化。

堂姐心灵手巧，闲时会织各类头花、坎肩、毛衣等，还会用纸折叠各种新奇玩意儿，又烧得一手好菜，童年的大部分时光，都在她家度过，有很多丰盈回忆。她出嫁后女儿满月，当地习俗，作为姨妈，我需要在她家附近找一座桥，在桥边捡一些杂草，越多越好，到现在我仍不知何意，但是既然是风俗，那一定有它的渊源在。一路走过去，田间看到很多小木块搭建的桥，总觉得不够满意，独自走了很远，找到一座很大的石桥才心满意足，捡了一些像模像样的碎草与小枝条，在桥下许愿，唯愿她们安乐，健康。

细细推敲，或许是农村农事琐碎，草木四季变幻莫测，天云星月日夜变换，唯有那些桥身，风雨侵蚀中默默伫立，乡邻把一些愿想寄予其上，收获一份踏实与坚守的本心。

长大后，对万物少了寓意以外的诗情，对桥的理解，渐渐回归到桥的本质上去，它只是从河这边渡到河那边的媒介，并无他意。

那一年清晨，灵车缓缓穿行，亲戚围坐在我们旁边，拍着我们不停抖动的瘦弱肩膀，车内一片寂静。

“好了，要过桥了，在这个桥上，这辈子的苦都留在桥洞下！”

干妈打破沉寂，周边的人都开始应和起来，说着诸如下辈子轮回的愿想，试图安慰我们。

一条长长的石桥就这么过去了，窗外是流动的微风与满目苍翠。

车子继续一路向前。

“过了第二个桥，即便在烈火中，灵魂也不会疼痛，桥是庇护。”

我捏紧了拳头，内心的隐痛开始融化开，悬在半空的心开始松动，腿伸展开，窗外一群孩童在嬉戏，窗外满目江南梅雨时节的清丽。

“第三个桥，庇护子女后代平安吉祥。”

我知道这个不是寓意本身，只是他们自导自演的一场心愿，我愿意在这种善意的谎言中继续往前，让暂时麻痛的心得以喘息。

前面两个俗语，当时的我确信它们是真实的，当我心中闪现其实它们都只是寄托这样客观理性的念头时，我会立刻掐断我的理性，因为我们需要一个过渡的载体，让我们当时过度悲伤的心情能够平安着落，日后慢慢恢复元气跟生活的各种困境相抵抗，待一切恢复正轨，我们内心自然会拨正，回归理性。

经年之后，我去想那些桥的意义，但生活已经不再需要桥赋予意义，意义其实都在生活的历练里：在这个世界上，渡我们的只能是自己。

香瓜

傍晚，天空像一瓶葡萄酒被打翻，露出微醺的红色，慢慢点染开，开满花骨朵的灰白相错的棉花地里，白天太阳晒过的棉花味被扬了起来，香瓜就躲匿在这棉花地里，旁边水塘里的芦苇被风吹得一会儿朝左，一会儿朝右，一些鱼虾藏匿在水草下，水塘边时不时荡一些水波，轻轻地生怕惊扰了地里的香瓜。

探进棉花地，瓜飘来的香味时不时地或浓或淡，好像能看到里面的瓜肉渗透出一些甜腻的黏液。藤蔓零散分布在棉花地里，互相交叠，张牙舞爪不顾一切地匍匐前进，有的缠着棉花枝，嫩绿的头看似静止的，并不动弹，实际上不顾一切地舒展，有的藤蔓在尖顶掉转了头，怯怯地害怕往前，风拂过去，留下四处逃散的光影。

叶形大多为近圆形、肾形，少数为心脏形、掌形，随性地想怎么搭配就怎么搭配，一阵大风吹来不分方向乱舞，变得横冲直撞，香瓜瞧着这一切，稳稳地抱着地面，清晨的露水耀眼得像钻石，停在香瓜透亮的体表把世界的模样都装进去，等到太阳慢慢出来，斑驳的光线透过棉花枝蔓，水汽渐隐去，香瓜晃动着稚嫩的脑袋，大的大，小的小，机警地找着有利位置。

夜晚的瓜地，有各种蚯蚓、蝈蝈、青蛙的叫声，冷寂星光下，斑驳的月光倾泻到整片棉花地，瓜地透着光亮。

我们小时候一到傍晚就到田里去看瓜，好多花蒂不动声色地串起了珠子样的小果，等到瓜体有了大致形状，我们便钻到棉花地里使劲瞅，给入眼的瓜起外号，轻柔地用手摩挲着，天天看变化不明显，过几天再见已经不是我们可以惹的小家伙了，瓜体有点儿大了，朝我们调皮地嘟起嘴。

我们还喜欢把它们放在干净的叶片上，好像这样长出来的样子更可人，很多小时候被我们认为其貌不扬的瓜，在后面出其不意迎头赶上，圆润锃亮的瓜体鼓胀有力，惹人怜爱，大自然充满有趣无穷的变数，万物有灵！

瓜藤在细细密密的时光里日渐婆娑，瓜地也在我们意孜孜的眼神里郁郁葱茏。

黄昏田里收工的时候，锄头、耙子、粪瓢的影子安静地晃动在田间小路上，晚风上来了，声音从远方飘来，酥酥的、酽酽的，妈妈顺手放一些熟瓜在乡亲们的桶里、手上、竹篮里，有一搭没一搭地跟乡亲们说着话，到了路口，他们各自散去，黄昏下远处的红日，渐渐淡去，月亮爬上来。

妈妈每年总会种上一大片香瓜，白皮鲜而硬脆，黄皮香而不腻，青皮酥而色清，奶奶牙齿不好，爸爸口感挑剔，一个家，要各方兼顾。

摘瓜是很有仪式感的事情，很多小伙伴喜欢到地里偷瓜，所以大人都不把摘瓜这事交给小孩，有时候在路上，偷瓜小伙伴鬼鬼祟祟捧着沾满泥土的瓜，在路上张皇失措地走着被大人撞见了，脸瞬间涨红，若大人心照不宣地给你来个善意的微笑，这事就算蒙混过关了。只有东村的峰叔扯着嗓子大喊："哪里摘的？"小伙伴们吓得憋红了脸，支支吾吾刚从嘴里蹦出："这个瓜是……"几个字时人已经跑出去老远，成功避开了这个问题。我们都很讨厌峰叔，小时候对于大人的讨厌，往往只是来源于大人的不善解人意，大人对小孩的不满，源于恨铁不成钢的期待。

我就是让大人头疼的一类，总是耐不住性子，瓜要成熟采摘的那几天，天天去地里，整个身子埋进棉花地，棉花地沉聚了太阳味儿，棉花秆刺得身上直痒痒，瓜皮外闻到的香味是湿答答的，在里面暗流涌动，我握紧瓜藤，用力一扯，连根拔起，心陡然一沉，慌忙刮掉上面的大土块，一个箭步飞到河坝边，蹲坐着，把瓜简单在清水里搅动几下，直接用嘴巴去皮，悠然地啃起来，初入口，甜糯的味觉一下荡开，当舌尖触碰到汁囊，抿着片刻才觉察籽粒时，微微的甜腻，像空中的尘埃，落定又飘离，只盼快快入味，才对得起这份豁出去的甘甜。

我对瓜时刻关注着，随时准备着，但是品相好的经常不翼而飞，原来最终都被妈妈挑选了送给姨爷爷。

"要不是当年计划生育他努力地去正面争取，我们那么穷……哪生得了你，后来上学又是他把自己宿舍腾出来给我们，自己每天走几公里路……这些恩情报不了！"

每次吃香瓜，我总想起妈妈在田里下地刚回，有时一身粪味，穿着那双旧解放鞋，怀里揣着香瓜当宝贝的情景。

霜降

又是一年霜降，在苏城这几年，秋天节气的岁时之感少了一些，平时忙于生计，经常早出晚归，无福消受这时辰之变的妙处，等到周末，外面的世界直接来个大变样，此间唯一受用的变化，就是点点秋寒入体，衣服一件件去添，说来说去，还是生活层面上的，感知也集中在眼界之内。

在老家的时候，从农忙开始，我才觉得秋天真正来了。稻秆被阳光晒得香脆，踩上去啪啪响，收割完后，放大把的火去烧这满目稻秆，空气中时不时充斥一股焦味，几缕细烟荡落在乡间小路上，孩童不约而同在田埂间追逐，夜色暗下来，烟味还未散去，呛得人眼睛疼，大地苍茫，此般场景，让秋的感觉变得浓郁而深刻。

我是喜欢在田垄间奔跑的孩童之一。

那年秋天，烧过稻秆的火堆还有余热，趁红色的火光没有熄灭，我用随手捡来的枯树枝探进火苗丛，点燃了树枝头，看看有没有一些暗角可以引火，不小心瞥见了西村杨爷家堆好的草垛。

草垛半米高，稻秆被堆得松松垮垮，上面零零碎碎撒落碎草，旁边还有一堆地肤子的杂乱细枝被丢置在草垛旁，我心想摆放得如此狼狈，应该是弃之不用的，就直接将带火苗的枯树枝伸进去，小火苗在里面快速燃起来，直往上蹿，一阵大风忽起，火势歪斜着向旁边游去，成片的火瞬间如猛兽肆虐。

草垛跟村舍还有一段距离，提水浇灭来不及，草垛很快灰黑一片，我远远看见我家门前，橘黄色的灯火已经亮起来了。

灯愈亮，心愈冷，其他小伙伴纷纷逃开了，四处叫嚷着我把杨爷家的草垛烧没了，越传越远。

“走，我跟你回家去！”杨爷不知道什么时候出来，他那双粗糙的大手拍了拍我肩膀，我愣在原地，还没有缓过来。

一路上，我们什么话也没有说。

我那时对他没有特别的印象，他背驼得厉害，要是直立起来，身高能高出六分之一，喉咙里总有一口痰一直吐不出去的样子，咕噜噜在那排山倒海。他眼球浑黄，喜欢将回应人寒暄的“嗳”声拉得很长，他弓起来的身体如一座山，做成不让人靠近的样子，喜欢走路低垂着头。

他在院落里跟父亲交代一些事，我躲进屋内，断断续续听得他说：“这个草垛孩子是不知道的，她也是想帮帮我，不要听其他孩子瞎说……那些烧掉的地肤子也没有多少。”那天，父亲只是呵责我不许再玩火。

地肤子是老家一种做扫帚的植被，地肤子老后，主枝蔓去掉杂碎小枝后，直接用钢丝嵌连，中间严丝缝合后，就成了一把耐用的扫帚。

农村地大，家禽的粪土风干后会紧紧粘连在地面；秋天树多，落叶落了厚厚一层，踩上去软软的，一下子难以推开；泥土地多坑洼，雨后坑洼处留很多碎屑。地肤子质地坚硬，比外面买的扫帚厚实耐用多了，能将这些顽固垃圾一扫而空，通常农人家里都会备几把，年年换一批。那年，父亲特意挑了几簇品相好的地肤子，给杨爷送过去。

父亲故去那年，我们办完丧礼后，回家看到灶锅旁整整齐齐堆放了几把扎得异常厚实的扫帚，铁丝比平时多箍了好几圈。父亲是车工，放置车床的屋子满地细铁屑，以往扫帚在这种屋内扫一年，握柄变得乌黑，只剩硬邦邦的支架被铁丝严扣着不至于散架，保得扫帚主要脉络还在，但整体已经光秃秃了。杨爷知道我家里的扫帚一直是父亲做的，父亲不在了，我们一定会清扫车间，杨爷怕我们扫帚不够用，连夜扎好几把，放下后就轻轻走了，啥也没说。

从此，每年到了秋天，我脑海里总是出现地肤子扫帚的影子。

今年霜降很特殊，村里打电话来，说杨爷身体不行了，不知道能不能熬过今晚。

这霜降，是秋天的最后一个节气了，秋天节令的变化，就像人的生命历程。

这样的夜，我想起了刚入秋时的白露时节，地肤子上的露水晶莹剔透，“柔条旦夕劲，绿叶日夜黄”，秋意渐浓。到了寒露时节，地肤子上的露水，映着叶脉，日出后叶片透净。

它们鲜活过。

杨爷，跟秋天要一起走了。

挑货郎

最初领会到等待与希望的百般感觉，竟然是在挑货郎那里。

从很远处传来挑货郎的声音：“鸡毛鹅毛猪骨头牛骨头羊骨头兑糖咯！破布鞋破球鞋破套鞋破蓑衣棉絮破布垃圾也好兑啰！”拨浪鼓脆脆声传来，吆喝声响彻云际，引得猫洞里的老猫一呼噜从洞口掉出，一条线箭步到院墙地面，周边乡邻家的小孩蜂拥而上，不约而同拖拽着大人，一下聚拢在挑货郎身边，把他团团围困住，这场景就像掉落在地面的方糖，瞬间引来一大群蚂蚁，黑压压的密不透风。

大家手里早已拿着事先备好与挑货郎置换的各种杂货了，细细看，有穿旧的衣鞋，在父母厂里玩耍偷偷塞口袋的废铁，不用的闹钟、鸡毛、鸭毛，旧的揉成一团的塑料，有的甚至把剪下的长发也留着。总之，旧物五花八门，但总能换回一点儿零碎物品。

卖货郎的一身行头：扁担的一头是一个大箱子，上面有玻璃罩，方便看置换的货物，另外一头是大箩筐，放收集来的旧杂货。

孩子眼尖，闹着要吃糖，眼睛总能一下扫到薄荷糖，那薄荷糖咬下去会起气孔，甜腻到嗓子，让人浑身发酥，有时候也有麦芽糖、花生糖、花花绿绿的巧克力豆，运气好的时候有牛轧糖，可以揣在手中捏半天，想起来就舔两口，再小心用糖纸包着，舍不得一下子吃完，糖纸上一层口水。

换完糖，有的孩子开始摇着父母的手臂或者瘫软着腿攀着家长弯下的腰，吊着脖子，娇声细语地吵着要换一些玩具，常见的有头绳、毽子、皮球、会唱歌的塑料公鸡、泥制的鸟哨子，还有一吹就叫的红顶黄底的塑料喇叭，拿到心仪的玩具，孩子们就心满意足地互相炫耀着，笑着闹着，渐渐散开去，剩下大人在原地讨价还价。

那些妇人跟老人真是过日子的主，火柴、纽扣、小镜子、针线、肥皂、夹子、蛤蜊油、头绳……看着卖货郎这些家常的用品，她们念叨着柴米油盐贵，生活不易之类的场面话，借以与挑货郎讨价还价，一群妇人七嘴八舌、叽叽喳喳，让人透不过气，小孩子开始觉得无趣，不耐烦地纷纷抽离人群。

卖货郎压低了嗓子跟她们讨价还价，他耐心地听着那群妇人聒噪而估，最后会多给她们一点儿物品作为添头，见到一点儿好处妇人们也就收心了，性子自然慢下来了，叉在腰间的手也垂下来，眉间纹舒展开，捧着置换来的日用品，就近找个歇息的地方聊会儿天。

挑货郎箩筐里塞满了五颜六色、形态各异的旧货物，“嘿哦嘿哦”一鼓作气，将半蹲的大腿抖了抖，咬咬牙后，小腿使劲往上蹬，腰背像弹簧弹上去，在空中定了定身，手头握紧了扁担，开始挑着担子离开，人影越来越小，三个小圆点在远方荡着。

一般收回去的旧货物回去分拣，晒干，清洗，一些好的挑选出来可以卖到供销社，另外的可以卖给废品回收站，有的将收来的鸡毛做成鸡毛掸子去集市上卖钱，一些好的猪鬃可以做板刷。

总之，物尽其用，那时很多东西都是修修补补，旧了舍不得扔掉，过日子讲究细水长流，实在不中用的就卖给挑货郎。

以前只要想到挑货郎会从家门口经过，心里就有说不出的轻松，这些生活中的小改变与插曲，心中美滋滋的，幸福是件简单的事。

但是却苦了那些挑货郎，他们喜欢穿着松口的黑色布鞋和青灰大褂，很多人头上戴着帽子，日晒雨淋时能防护下，他们经常风餐露宿，居无定所，出来都是个把月，一筐一箱走天下。日积月累，高低肩是常见病，因为一直吆喝，时间长了嗓子会有撕裂感，但是也未曾想过顺口含几块玻璃罩里的糖。

为了省钱，有时候他们连饭也顾不得吃，吃尽人生苦味，留下步履匆匆，但他们背影坚定，也更懂珍惜，露出明亮好看的笑容。

有次一个挑货郎在人群散去后，在我家东墙边停下，大声粗喘着气。那时刚入夏，临近中午，挑得有点久了，力气换不过来，拿起一个边已经发硬的馒头在那儿啃咬，一嘴下去掉很多面屑。

父亲见状，赶紧跑回家盛了一大碗饭，将鱼肚上的大骨刺剔除，留两大块白嫩细肉埋于碗底，米饭上盖满了青菜，看上去寡淡清爽，给挑货郎端去，邀请他进屋。

那人迟疑了下，嘴巴张开却什么也说不出，稚气未脱的脸上慢慢红晕染开，最终只肯在我家屋檐下端着碗，坐在石头沿上，吃着吃着，独自在那用袖子抹着脸，头低得看不见鼻子。

吃完饭，之前准备的开水刚好凉下来了，父亲帮他把水壶灌满，挑货郎要送给我们两块肥皂，父亲执意不肯要，两人娘们儿似的推搡着，最终拗不过父亲。

“爸爸，看到路过家门口的年轻人，都不能给饭，你说讨饭的老年人多少都要给点儿。”年幼的我问父亲。

“一个是辛辛苦苦赚钱，不去跟别人讨生活，一个是讨饭，其他地方不去努力，再说，无非是添双碗筷的事情！”

瓢

暮色渐浓，摇曳树影映着纱窗，水缸里的水打满了，过日子的感觉也渐渐盈满。从水缸里舀一瓢水，瓢上纵横交错的划痕看上去有些年月了，水在瓢中，变得灵动，将黑去的夜邀进来，月的光华浓烈，古朴的时光，被凝结住了。

取一瓢饮，有如此唯美的意境，所有旧物件中，尤爱这瓢：轻盈，装载了一个个回乡的愁思与梦境。

顺手拿起瓢，端几瓢水倒入大铁锅中，将那些粗茶淡饭煮透，有最简单的农家烟火味。

瓢在我们南方是盛水、装载零散杂粮的物件，大大小小的瓢，在厨房的角落，拎起一个个琐碎的日常。

我喜欢拿着瓢把玩。米坛里抓一点儿碎米，去院后用瓦片支起三面密封的简易灶台后，开始引火煮饭，多余的碎米拿去喂闲散漫步的鸡群。

春天来的时候，定是瓢的色泽淡雅自然，与周遭的环境自成一体，才引得那些小鱼闯入，去河边舀水可拾得一些野趣。

瓢色如枯木，造型也简单，一大一小半圆的连串，将农村生活勾勒得绘声绘色。

曾以为，与瓢所有的记忆只与动态的农家生活场景有关。

直到有一天。

那天，姐姐带我去拜访她的同桌。

我们在长满了一大簇扫帚草的小路拐入，一座矮矮的平房由两间屋拼连，院子里养了一群鸭，在芦苇秆围成的圈舍里走动。

大喊了玲的名字后，从门缝里钻出一个小脑袋，小脑袋上扎了个扁圆小抓髻，穿着褪得发白的淡青色小马甲，一双圆溜溜的大眼盯着我们看。

玲也出来了，她拿着一块喂猪的豆饼，她脸上有点儿灰土，裤腿上也有一些泥污，头发汗津津的，麻利地将一些碎发往右脸颊理，另外只手连忙拉我们进去。

那个大眼男孩，是她弟弟。

那时玲上二年级，已经开始操持家务：简单的起火、烧饭。她个子矮，得攀爬上半米高的竹凳，拿着木铲子在锅里铲炒。

“烧菜就是加点儿油，放点儿盐，烧熟了就可以。”玲抓了几把米，冲出去往鸭圈里撒了，便立刻转身进屋，跟我们把话茬急急接下去。

本来我们还想着去玲家会遇到大人，被问些家常琐事，结果家中只有两姐弟、一群鸭和屋后“吭——吭——”的猪。

我们年龄相仿，别说做饭了，只会擦火柴、过家家、跳绳、摸虾、用榆树果子做弹弓等，玲却撑起了家中的生活。

“我妈妈走了！”在她跟我们说起家务琐事时，头低下来，用手拽着衣角，弟弟赶紧走过来，用左手支在她左腿上，这样的重力足够将眼泪强压下去。

水缸里的水满了，院子里的鸭安静待着，屋后的猪没有长时间发出号叫，屋子里的陈设很简单，没有随手搭在椅背上的留着汗渍与油污之类的脏衣服，地面一尘不染，窗台上有几个小布偶被洗得干干净净，一字排开。

“爸爸晚上就回来了。”弟弟笑起来。

“上次镇上有马戏团来，弟弟贪玩，躲在一个大柜子里被带出去很远，我跟爸爸一路问，一路问，‘头上扎着个小抓髻的男孩，看到了吗’……走路太急脚磨出好几个血泡。”她说的时候，捏着弟弟的头发，狠狠掐了两下，“幸好是不一样的发髻，人群中容易辨清，我们最后找到了他，从此我都帮弟弟扎一个这样的。”她还是心有余悸，下意识地抱紧了弟弟，捧着他的手掌。

我们那天所聊的，无非是哪里有好玩的、好看的，若去其他伙伴家玩，我们一定开始四处追逐了，做着各种游戏。

游戏是区分大人与小孩世界的评判师。

生活的琐事压着玲，在我们聊天的时候，她总是突然起身，去做一些细碎杂事。

她留给我们的安稳与静谧，此刻变成了不安与怜悯，我们感觉打扰到她了。

我们起身要走，她让我们等等，赶忙去房间拿来竹篮子，打开了通往后院的门闩。

一团绿色袭入眼帘，满院是蔬菜与泥土的味道，嗅觉的板块开始做一些区分，眼睛里的色彩也开始有浓淡，黄瓜、茄子、菜椒、玉米……一排排分列整齐，院落被梳理得精致耐看，最显眼的是一个藤架，满架枝蔓，将湛蓝的天空支开，独留一片秘境，似有秘密不可流转，走近，原来是一个个绿色的葫芦，这些精灵，鼓鼓囊囊将这夏日浓荫收尽，外表发出凛然的光晕，藤蔓盘错，葫芦个个分明，娇小可爱。

这些圆头圆脑、形态迥异的宝贝，让人心生喜悦，旁边丛丛高树掩护，吸收天地灵气。

“家里没有什么其他好东西，只有这个了。”她不好意思地笑笑，“我选两个最好看的给你们带回家！”

弟弟端来凳子，她站在凳子上，伸长了脖子，踮起脚费力伸展了几次，摘到她觉得长得周正的其中两个后，用手摩挲了几下，才递给我们。

欢喜终究藏不住。

葫芦老去，剖开便是瓢，但是有些事，却无法老去。

箍桶匠

乡村的生活是简单的。

简单到只有几件木制器皿，在家中的边边角角。

静置在墙角的米桶、谷桶是农人过日子的一份踏实安然；那饭甑、饭桶的木香，是日常生活的朴质回味；各种脸盆、脚盆、澡盆的变换，是净洁之心的不务虚华，至于马桶、粪桶这些，有最接地气的敦实。

这些圆形木器，它们在我们紧密的农村劳作中，装着水、粮食、肥料等，与温饱休戚相关，让人的生活有实在的依托。

那时的时光很慢，慢得如同这木器本色，没有突兀直白的过渡，没有一蹴而就，唯有缓缓前行，将生活设成一个个转角，让你在兜兜转转中，还能回到最初。

那些在乡间挑着担子行走的箍桶匠，用“积金千两，不如薄艺在身”的古老工匠理念，喂养着家人的生活，与那些木器滋养我们，一样，一样。

我们称之为“箍桶匠”，这个叫法很有野趣，也有的地方叫“圆桶匠”。

在我缥缈的儿时记忆里，每年的农闲或是闺女待嫁时，箍桶匠便挑着担子，走街串巷，一路吆喝，“箍桶哦——箍桶！”农人将早日预备好的一些木器拿出来，放在场院内，排成一排，院内沸反盈天，一阵阵木屑的清香味。

那些待嫁女儿的，盘点好需要打的木器，想着法子凑成一套。生活圆满，吃穿不愁，是为人父母最简单心愿，箍桶匠会卖力做好这些圆形器皿，它们将陪伴女儿一起迈入人生新阶段。

那些箍桶匠，是遗落在乡村记忆里，最精致的一道风景。

首先是选材：桧木耐用，杉木常见，樟木、榆树、檀木次之，村中以前经常有一些杂木被泡在河里，水很清能看到水底的游鱼，那些木头在水底悠然而卧，经年水泡的木头是上等宝物，不虫蛀，不易裂，不腐坏变形，水中打捞出来，阴干几日，唤醒淡淡木香。

经过沉淀，才能得到佳品，时光何曾亏待我们。

圆木制木器，光是工具就有十多种，每个工具对应一道工序，想着就是一项浩大工程。拿这刨子来说，就有滚刨、龙凤刨、抽刨、座刨、短刨……锯子有细齿锯、细长锯、爬锯……凿子有圆板凿、斜凿、圆凿、小板凿……至于其他的榔头、钻头、斧子等，更是举不胜举。

这些工具的名字，就头头是道地诠释了工匠精神的精雕细琢。

就拿一个简单木盆来说，看似简单，却要经历劈、削、锯、刨、凿等工序二十多道，繁复非常！

木材选好后，根据主家要求确定桶的尺寸，进行开板。

开板后清边，清边后，用斧头修好板块的弧度，用平板刨来回刨削。刨口有节奏地发出声音，先是不温不火地吐着浪花状的零碎木屑，然后是像绸带一样狭长卷曲的刨花，每刨完一块板，把斜面紧贴在刨面上，不断检查弧度，直至严丝合缝。

下一道工序是排列好木板，墨线定位后用钻头在木板拼接处打上眼孔。

再将削好的竹楔嵌进眼孔里，将木板一块块地拼成一个桶，桶底部锯出一圈槽缝。

接下来便是做桶底，用软尺在桶底量好尺寸，镶拼成一个不规则圆盘，以绳线为中心，用粉末框在圆盘上画出一个圆圈。

捡起细长锯，按照圆圈锯出一个圆形的桶底，拿捏着桶底边沿，慢慢从桶口塞入，一锤一锤缓缓往下敲，等桶底完美咬合至凹槽里，桶身的雏形基本做完了。

桶上完箍后，再细致刨光，刨得光溜溜，摸上去无一处硌手了，才达到木桶老匠的基本要求。

用什么样的桶箍，主家的家境略窥一二，农家竹箍为主，铁箍次之，铜箍最好。

若是姑娘嫁人，纵使穷也要打制点铜箍撑撑门面，寓意圆满吉祥。

美观以外，经久耐用才是农家追求的实在，不刷桐油不耐用，木板容易腐烂，桶在烈日下暴晒几天，刷两层白桐油，晾干后，最后上一遍黑桐油。

此时的桶身油光锃亮。

想来，几十块弧形板，不靠铁钉，不用胶粘，却可以滴水不漏。

水滴石穿，非一日之寒，没有三年五载，也顶多做做简单的家什，以前的工匠是何等的苛责。

制桶过程是从里到外、从上而下的循序渐进，是技艺与耐力的双重考验，桶盘这样的小件，一般需要半天左右时间，而脚盆这样的大件，需要更久。

圆桶工艺繁缛，那些低头拿着工具、敲敲打打刨刨滚滚屋檐下的时光，是童年最亮丽的一道风景。

那些放置在边边角角古色古香的圆木器皿，体态圆润，线条纤柔，如起舞的仕女图，仪态万方。

夜深人静，幽幽时光里那些木器皿已经衰朽，那些匆匆奔走的箍桶匠渐行渐远。

走在乡间道路上，再也听不到“箍桶哦——箍桶！”的吆喝，它们曾清脆地响在我清晨未醒的旧梦里。

杀猪

年关将近，“腊月二十六，杀猪割年肉”。每到腊月末，大寒左右，村里家家户户便开始酝酿着杀猪。农民一年到头，风里来雨里去，忙于生计，秋天到集市上买的猪崽也长膘了，是时候犒劳家人了。

等着杀猪匠上门，平时灰头土脸的杀猪匠向叔磨刀霍霍，好像战场上的骁勇战士。

杀猪有讲究，下手需要快、狠、稳、准，刀法干净，一刀毙命。若一刀结果不了，视为凶兆。血旺，象征来年旺运。血得流净，滞留不到体内，猪肉才不会发红，肉色白净。

向叔总是穿着一身油腻的藏青色围裙，上面沾满了暗淡相间的血迹，油腻的手里提着一把黑色杀猪刀。

父亲在杀猪前几日会跑去跟向叔约定好时间，杀猪前夜，父亲跟来帮忙的乡邻打好招呼。

清早天刚亮，向叔就来了，哐啷啷地撂下装刀具的篮子，篮子里装有捅猪脖子的浸刀，一尺多长，锃亮锋利，泛着寒光，还有几把卸肉的，一个刮子，一根捅条。

其他五六人用竹筒套着猪脖子，猪哼哼唧唧不配合，劲头十足，壮汉一人拎耳，一人拽尾，其余抱腿，费好大劲将猪拖到外面的长凳上，凳子下是备好的老式木盆，清水加盐。

其他人张罗着扫地，劈柴，备水，生火。

猪和人都哈着热气，大锅里的水咕咚咚冒着白气，整个落光叶子只剩灰黑树杈的农家院落里，孩子们兴奋得四处奔跑，与步履匆匆的大人们经常撞个满怀，大人扁了嗓子大声呵斥几声后便急促走开去帮忙。

躺在长凳上的猪的撕心裂肺的号叫，犬吠鸡鸣，孩童哭喊，大人喧哗，哔哔火暴，呼呼风声，乡村被彻底搅沸了。

猪的叫声让我妈很心疼，她平日给猪喂的东西很多，将萝卜菜叶、杂草、番薯藤、玉米棒等切好后，拌上剁碎的麸糠饼粉末（麸是麦子皮，糠是米皮），用簸箕轻轻倒入猪槽，额外加两瓢潲水。

猪在吭哧吭哧声中长大，小康生活过得有滋有味。

“这个猪我天天冲洗，粉嫩白胖的，养了好几个月了，舍不得！”

妈妈的喃喃低语被隐没在喧嚣中。

向叔着雨靴围裙，不停转动身子调整方位，趁猪不能动弹之际，一刀从脖子下去，不需回刀，一股鲜血喷涌而出，随后顺刀刃汩汩而出，落于木盆，猪尖叫声响彻云霄，落在屋檐上的一排麻雀被惊到了，乱飞开去，孩童吓得躲到大人身后，狗狂吠着，院子尘土飞扬。

向叔将刀在猪背上正反抹两下，揩尽血迹。很快，猪的尖叫声减弱，“哼哼”两声，了了。妈妈缓过神来，搅动着木盘里的猪血，若有所思。

她端起木盘，忙着准备饭菜去了。父亲给众人递烟，端上了茶水，一群人或蹲或站，七嘴八舌称赞起向叔的杀猪手艺。

在众人聒噪的嬉闹声中，向叔卷起袖口，快速用刀具在猪后蹄开个小口，用铁捅条沿着猪皮捅向四周，嘴对着开口猛吹，边吹边拍打，猪被吹膨了一倍，鼓鼓囊囊，白白净净，然后将猪拖到大铁锅边，烫水冲洗，水温要拿捏到位，猪毛才易褪，猪肉才会品相好，铁片刮板下去，毛从猪背开始褪去，直至褪净，向叔用铁钩将猪倒挂，开肠破肚，先用薄刀拉皮，再用厚刀深割，咔嚓下去，五脏六腑暴露眼前，向叔神情淡定地掏出心肺、大肠、小肠，剥出猪网油，一个森罗万象的世界让我们感到惊奇。

他把猪身子从里到外冲洗干净，分两扇。撕完油膜，再去肾、心肝、舌、肺、猪蹄等其他内脏，最后划肉拆骨。

完毕，点燃一支烟，猛吸了两口，笑眯眯走到草垛边，晒起太阳，灰头灰脸的脸上，目光澄清透亮，向往着能有更多热血饕餮的日子。

旁边村民开始粗言俚语，说起诸如庄稼收成，子女学业，媒娶生崽等此类农家小事。

对于孩子们来说，最后的奖赏是向叔变戏法地丢出来的猪尿脬，这个可以用嘴巴吹，大家争抢着，猪尿脬鼓胀成一个透明圆球，被我们踢得满地打滚，大人看着我们，笑着。

忙碌了一天，老老少少脸上洋溢着一脸喜气，总算杀猪大丰收了，其他地方有“刨猪宴”，我们那边没有，平时会做一些香肠、卤菜送给乡邻，年底杀猪的时候邻里互相帮助，不求回报，确保家家户户都有足够的肉食过年，过年招待客人的美味有了着落，来年让日常生活也有了盼头和点缀。杀猪那天，大家欢聚一堂，预热了一把过年的气氛，冬日萧瑟的农家院落顿然充满喜气和生气。

猪杀完后，大块大块的肥肉、猪杂碎摆满了厨房的案板，晚上父母把一些肉蒸煮腌制起来，屋子里氤氲着杀猪菜的香，我们馋涎着渐入梦乡。

现在猪肉都是买现成的，省去了很多精力，诠释着日复一日的平淡生活。

这也是一种幸福。

冬至

冬至来了，姑姑们要回来了。

刚下了一场雪，太阳照得多的地方雪开始融化，大地原本的模样慢慢凸显出来，照得少的地方仍然阴着，扑闪着莹白色。屋檐上的冰溜子一排排地挂着，有的角很尖锐，唯恐掉落下来戳到行人，人都远远地避着走。行人穿着不同花色的灯芯绒棉裤。河面连续几天冰都不消融，硬邦邦地挪不开，得用大砖块砸开一道大口子，底下缓缓流动的河水黑得要把人旋了去，河里可以淘米、洗菜等，维持日常简居。

姑姑们来了，便有了升腾的烟火气和人气，姑姑们不来，只能靠屋子里的灶火生得一点儿暖气。

不管天气如何，她们都会回来，“冬至大于年”，冬至是大时节，在我们那边都要祭祖。

我只要站在廊柱旁，一边晒太阳，一边不断往村头的小路望去，便会陆续看到一个个小的黑点，变成蜗牛一般背着重重的壳、弯着腰的黑影，再到无非青、灰、黑常见冷色调的老式棉大衣扛着布包缓缓移动的人影，再到看得见脸部轮廓的姑姑们那明亮双眸，帮奶奶通风报信这项任务才正式结束。

我就这样眼巴巴地迎接着她们一个个的到来。在八仙桌上，姑姑们卸下路途的奔波与困顿，开始叙说着近日种种。大姑家里是做压面生意的，每次会压很多面，连同平时攒下的舍不得吃的咸鸭蛋，在桌上满满当当地摊开；二姑烧得一手好菜，将揣在怀中卤的肉类慢慢一点点腾出，生怕它们太冷；三姑喜欢手工，做了很多鞋，剪了一些布匹，都是最新流行花色，像变戏法一样展示。日常生活的碰撞，在屋内蔓延，笑容把厨房撑破，其间也夹杂一些生活中的牢骚，叽叽喳喳声将庭院中的老树叶子震得簌簌而落。

奶奶开始叮嘱一些生活居家的道理，无非是“家和万事兴”“要与人为善”这类。姑姑们带的这些礼物，是交换彼此心绪的信物，在这里，不用担心说出的故事被责备被遗忘被取笑，只管吐露出来就可以，太阳升得有点高了，窗棂上结的窗花开始慢慢融化，落了积雪的窗户也能推得开了。

我开始期盼一场饕餮盛宴，祭拜先祖的饭菜一般是八个菜，豆腐、红烧肉、红烧鱼、饭团、青菜是必备项，长大一点儿后，我开始帮她们捡菜洗菜，刺骨寒气将手冻得通红麻木，洗完后，手往往发烫，知觉错乱。

姑姑们赶紧支开我：“去去去，去帮我们折锡箔，小丫头在这边帮倒忙！”

巴掌大的厨房里，一会儿是你碰到我的肩膀，互相拍拍，会心一笑；一会儿是一段趣事引得众人哈哈大笑，拉着手前俯后仰；一会儿是一个在说另一个在应和；一会儿是提高嗓音在那数落生活中的不是，旁人慢慢劝慰后，抱怨者的尖锐声低下来。

做菜工序之间的衔接与配合，也是天衣无缝，添柴的、加佐料的、打下手的、切菜的、配菜的、端菜的，每步有接应，时时有应和。

她们感喟着出嫁前的无憾旧事，生活虽然清寒，但是没有不劳而获的不安，日子过得充实饱满，爸爸不知什么时候钻出来，被她们哄笑着："女人家家在谈事情，你听什么！"爸爸一股烟溜走，晃着脑袋笑着。

我在旁边折叠着锡箔纸，她们接二连三的你一言我一语，让我感觉到的天寒被心中的暖占领得无置身之地。

中午祭拜完祖先后又是新一轮的叽叽喳喳，地点在奶奶的房间了，四人围坐在一起烤着火，说着悄悄话。岁月凝结成茧，所有经历总会留下痕迹，听着她们的故事，我开始明白，日常生活是一场场深居简出、去繁就简的自我修行，也是儿女情长，人际相处以及各种断、舍、离的内心较量。

冬天入夜早，得早早走着回去，运气不好的时候，地面打滑严重，天黢黢地黑下去，寒云路几层，惹得心中发怵。

知道她们要走，我心中燃烧过的火焰开始变得黯淡，冷清星光与夜色无异，孩童时候的盼头与幸福，所谓的热闹无非是亲戚造访家中，打破日常生活的桎梏，寻常景致为烂熟，生活乐在不同处。

她们三人开始结伴离开，奶奶的手捧着她们的手，一个个握过去，递给她们几个月前就开始准备的包裹，无非是一些家用手工品，以及带给晚辈们的碎钱，姑姑们推托着怎么也不肯收，奶奶一声令下，拗不过去的三人低着头，互相看了看，半推半就后挽着奶奶的手臂："妈，你放心我们吧，下次我们再一起回来！"

三人开始动身了，缓缓挪动着步子，几步一回头，三个黑点就这样在村庄的树林中变得越来越小，到村头马路上就小成蚂蚁了，到前村的房子那边，就被遮住了身影，再寻不见。

屋子里的空气一下子被抽空了许多，变稀薄了，冬夜彻骨。

奶奶就一直张望着，像鹅脖子探着，她用袖口擦拭着脸，细碎的泪光隐没在她皱纹深深的褶皱里，消融在这夜色中，她几乎是咬着牙："嫁出去的女儿，泼出去的水！"

我搀扶着她，屋里的灯火亮着。

"也不知道她们都到家了没？"奶奶在厨房自言自语，准备着晚饭，背影落寞。

三个姑姑都没有念过书，那时没有任何通信工具，只能靠口头约定，但是这么多年，没有一个冬至时节落下，就靠一天天数着日子记住这些阴历节气，安顿好自家琐事后，提前几天置办好回娘家的物品，总想着给兄弟姐妹一点儿礼物和盼头。

生活中有这样一种去处，何尝不是一种支撑。

冬至，一家人得以重聚，聊家长，包饺子，和面团……

那时冬至的时光总是：落叶静飞扫庭院，劈柴、烧灶；锄地、割草、堆肥；铲青菜、拔萝卜、剜香菜……易涨易落河溪水，迢迢烁烁天边星，狗吠深巷炊烟起。

如今，奶奶、爸爸、大姑已不在。

他们之前对先祖的祭念，变成了我们此刻的纪念。

第四辑

鱼鹰

冬天河面静悄悄的，河边的树叶七零八落得差不多了，难得有叶子落于冰面上，如孤舟泛海，孕育着一抹苍凉。地面上的印痕如同雨后爬满院落的一条条蚯蚓，从村头一直延伸到远方天际，深粗的地方像饱经风霜老人皱纹间的沟壑，等再下一场雨，车轮碾压过来，那些粗纹重新搅和成细浅裂痕，路边零散地堆放着一些草垛，早上的雾气很浓，草垛铺满水汽与薄薄的霜露，太阳晒了一天后草垛颜色淡下去，变得干干的。

这冬天乡村的光景，就这么变换着，在深浅之间。

不干活的时候，乡邻笼着两只冻红的手，将夏天晒干的蚕豆，买点瓜子，加点糖或盐一起翻炒，口味随意，装在棉衣外套的兜里。太阳好风不大的时候，遇到熟人，端两张长凳，在院子里晒太阳，可以晒大半天，干等着做午饭、晚饭，聊点别人家的事。鸡出来了，院子里热闹些，干裂的土地的颜色跟鸡毛的颜色约好了一样，它们开始窃窃私语。

屋外又静下来。

“连全！”从地面微微传来震颤，一个女人的笑声荡开来，阳光的碎片在河床被打散，一串串的，被这叨叨的嘈杂抛向空中，变成乡邻眼里涌出来的光，河面薄薄的碎冰，一下子局促不安起来，要顺着河流追赶直下。

开场就吸引了从村头到村尾的人，岸边一会儿黑压压聚拢了一圈人，老人跟小孩围满河道，老人不用担心自己因为世面见得多而再次提不起兴趣，小孩子因为可以见世面而手舞足蹈，他们都因为“鱼鹰队”，心叶开始舒展，留一些鲜活的照拂。

冬天的河面开始呵着暖气，路边的枯木掉落得没有叶子了，弯曲的树枝条将河面包围成灯笼架，阳光乘隙而生，使温暖幽闭。

翠生是邻村鱼鹰队的一员，是连全的媳妇，他们都是捕鱼队的主力，翠生负责在前面开路。

冬天水位低，鱼也不活跃，是鱼鹰捕鱼的最佳时间。风大起来的时候水面似一团团绸布荡着，风不大的时候，河里掉落的碎碗、坛罐、枯败的落叶清晰可见，太阳照射下来，它们变成镶嵌在黄绿色翡翠里的瑕疵。

“呀呀呀，都出来呢……”两人用长长竹竿朝水面两边打去，元宝造型的两边翘得很高的渔船里，空间狭小，一个转身一用力就能把对方挤出去，所以各自小心走着。

窝在水草、淤泥、石块、沉木下的鱼纹与河的底色一致，几难分辨。

“那边，那边？！哎呀，孙子的！”船突然晃动得厉害，翠生的急躁性格受不了慢慢在船上挪动，宁愿把多余的力气都使到嘴巴上。

船中的鱼鹰像鸟又像鸭，全身乌黑，来不及细看，翠生一声令下，它们全部潜入到水里，扎起了猛子。

“快看这些鱼鹰，开始吃鱼了呵！”大人们有的把小孩举起来，人群熙攘，声音一浪盖过一浪，脚步一团跟着一团，随着渔船一起移动。

陆续有鱼鹰借着竹竿上船，嘴巴叼着斤把重的大鱼，河中有的泥土开始松动，从河底扑腾出土黄色雾气，河水被搅浑了，那些水底的静物在水下起了沙尘暴，开始互相磕磕碰碰。两分钟不到，鱼鹰一个个上船，羽毛浸泡过，厚厚的水从脖子上一直顺流下来，通身变成亮光色，不紧不慢转动着尖锐的眼睛，它们晃动着长长的嘴巴，鱼被稳稳衔在口中。

小孩子欢跳起来，连全腼腆地笑着，和村上的熟人打着招呼。

“杵在那边做啥，这边，给那边的喂条小鱼！”翠生不顾那么多人在场，撕着嗓门挥动着竹竿发号施令：“待会儿再下去一拨啊，老头子！”

连全低头挥动着竹竿，力气越来越大，周围的嘈杂声，以及刚才的预热让他渐渐找到了熟识的感觉，他摸着鱼鹰的脖子，在鱼鹰的喉囊上轻压，鱼儿从鱼鹰嘴巴里“扑通”一声，落到船舱里。

“赶紧弄，天快黑了，赶紧给它们喂小鱼！”翠生在船那头大喊，顾不上和边上的人搭话。

有时候一条大鱼，一只鱼鹰抓不动。

“哈哈，好孩子，那边，那边！”翠生说话声跳跃起来，像五线谱上下起伏，跳着杂沓的旋律，她对着在船舷上站着的鱼鹰大喊。那些鱼鹰两三个一起下水了，三张长长的嘴巴一起托着一条大鱼上船来，她迎上去，不等她动手，鱼鹰就已凑到旁边的船舱齐齐松开嘴巴，鱼儿重重落下，翻着白肚。翠生挤弄着眉毛，耸耸肩膀，跟周边的人谈笑起来：“这些孩子就是懂事，平时没有白教！”

“翠生婶，吃多少东西啊，你这个玩意儿？”旁边的人对着鱼鹰指指点点，发出的“啧啧”声时不时被打断。

“多着呢，从小就吃得多，现在三公斤要的，跟个孩子似的。”翠生推着竹竿，雨鞋沾满泥水，小心划着船。

连全这时候也不说笑了，在旁边发出“嘘——嘘——”声，让鱼鹰继续下一轮捕鱼。

“老婆子，你先歇歇吧！”连全侧过头对翠生使了个眼色，声音很快淹没在人声如潮里。

翠生安静地坐在船舱中支起来的小木凳上，顺手抓着小鱼，喂给刚上岸的鱼鹰。

那些鱼鹰，如黑夜中的精灵，一起下船的时候，疾步飞射出去，成一朵盛开的黑色蜀葵，船体摇摇晃晃，激起了一层层水浪，珍珠一样的水滴就这样悬浮着，一直下不去，迎迓着上下跳跃的鱼鹰。大人的笑声，小孩子的惊呼声，密集得让人安稳，鱼鹰陆续上岸的时候，像奔赴一场如期而至的聚会，无人缺席，它们威风凛凛站立船边，黑压压地围满船舷，连全、翠生变成国王、王后，在他们和鱼鹰组成的国度里，开着会，密谋一场战乱，将这平静的乡村和河面搅得闹热如沸才肯干休。

我觉得鱼鹰来自很远的地方，在仙气缭绕的远天之外，它们胸脯挺直，目光如炬，下手干脆利落，它们是天上的星宿，在夜里的某个时候，婆娑着月色去天上交差，白天再变回鱼鹰，不然何以如此通人性，又多情？

他们的船从村头一直走到村尾，看累的人，特别是那些裹着小脚的老太太看了会儿就要回去打盹晒太阳了，那群小孩子，花不完的力气，嚷着牵着大人的手，在人群里穿梭，紧随鱼鹰。

半天时间，船舱里满满一堆鱼，它们昨天还窝着很安稳的梦境。

“奶奶，我就搞不明白，为什么他们在我们村里捉那么多鱼，鱼不是我们大家的吗，咋就乐意了？”第一次近距离看鱼鹰表演，我就有疑惑。

“傻孩子，他们平时都不捕，到了春天，是鱼繁殖的季节，他们还会放小鱼，冬天才是鱼的收成，很久以前我们这一代闹饥荒，他们祖上帮助过不少人，就靠这鱼鹰！”奶奶提着篮子，里面有两条活蹦乱跳的鲤鱼，是翠生分给我们的。

捕完鱼，他们把船泊在岸边，连全在黑夜中擦出烟火，吸着烟，那些鱼鹰，在船头梳理着羽毛。

河面恢复了平静，人群也散去，临近晚饭的时间，村里的烟囱陆续冒起炊烟。

天渐渐黑下来，翠生和连全静静坐在船上，说话声小得听不见了，动的只是那群鱼鹰，沙沙踏动船舷，橘黄色的渔灯亮起来了，月亮垂挂在天边，河面印着月光，船划过的地方，水波被拉长，河离我更远了。

炊烟

奶奶添了把灶火，她羊绒帽檐的投影映在墙上，橘黄色的火苗在一堆麦秸与枯木枝中晃动，吱吱咧咧声夹杂着噼噼啪啪声，将早上稀薄的空气变厚了。

奶奶从锅里端出一碗热腾腾的稀饭，在窗边冷着，又从竹橱里用小碗盛一点儿自酿的酱豆，帮我扎完辫子绑上红绳，稀饭也冷了，天还罩着深蓝色，从远方开始变淡。

就着美味的酱豆，我大快朵颐，奶奶笑眯眯地端起了小碗："看菜吃饭，量体裁衣！"我伸手去拿她重新递过来的酱豆，吐着舌头。

吃完饭，我开始朝学校走去。父母经常上夜班，日夜轮流转，还没有起床，奶奶开始蒸煮他们吃的米食，炸一些耐饥的油饼，也时常多炸几个让他们带到厂里分给工友，用奶奶的话说："独食，食之无味。"

我走了很远，天空已经鱼肚白，一些庭院亮着一文火，将整片村落弥散成暖色调，在凛冽寒风中，结成同盟。

村庄上空飘浮着一缕缕袅袅炊烟，有的急促，有的娟秀，一阵风吹来，浓墨染开，但最终都幽幽然奔向天际，它们各自从烟囱里出来，成一支支飘忽不定的队伍，形态不一，有的相遇，有的分离，像能听懂彼此的言语，在乡村上空盘旋着。

我们家的烟囱也缓缓冒着烟，烧了几十年的灶火，奶奶总是不紧不慢地将一小把麦秸，稳稳握于手中，待到灶肚里面的火光淡下来，适时塞进去，火光又不温不火地兀自燃烧，火光若是灭了，她不慌不忙，支起铁镗，溜一点儿空气进去，先前攒下的余热在等待中慢慢孕育着火光，心中重新开始跳跃起纷沓的韵律。

“不要着急，不妨等一会儿，着急的话，火是蹿不起来的，火候到了，自然就可以旺起来了！”奶奶总是轻描淡写，嘴巴里冒出热气，鬓发结了层霜花。

走了二十多分钟，烟囱依旧平缓地冒着烟，炊烟也是有脾气的，柴麦燃烧后，出来的炊烟秀气平缓，一定是奶奶还在烧辅食。

奶奶说：“你父母上班辛苦，我把家务做好，自己健康就是帮子女分忧。”

我踏着雾气将一串脚印留在林间深处。

放学后，零散的星星悬挂在蓝色天幕，蓝得很纯粹，运气好，还能经历一场火烧云，红彤彤的整片天将一颗颗平静的心撩拨得滚滚如海。天空不管出现什么颜色，总会层层分明，无论是树木葱郁还是枯藤老树，暮色余晖总给乡村祥和之色，干净透彻，心中流一泓春水。沿途的风又是有味道的，泥土的味道，青苔的味道，不经意闯入的野草野花的味道，河道淤泥中的水植味道，粪土的味道，总之，一路都是熟悉的味道，让人逡巡不止。

在这视觉与触觉的熏染里，村中的炊烟升腾起，在天空久久旋回，朝那棵高耸的老树望去，我家的庭院与周围的绿树融为一体，只能从薄薄炊烟中分辨。奶奶煮食是严格遵守时间的，鸟儿归巢，家禽归栏便开始准备，万物有迹，尊重自然作息法则，顺应自然变化是他们老一辈学会的最原始家训。

不管是炊烟寥寥，还是浓烟弥漫，都让我充满期待去想：奶奶准备了什么食物？她总是费尽思量，用她的话说：“年纪大了，在家烧烧饭，变换着花样让生活有点儿不一样就是我的乐趣！”

夏天，烟囱喷出来的烟如奔腾骏马，我就知道奶奶在家做荞麦粥，正将米粒爆炒；若烟囱冒出来的炊烟如涓涓细流，那是奶奶用大锅蒸一些芋头、玉米、红薯，蒸这些需要烧小木条，慢慢烧，土锅里用竹架支着，盛上装酱油的小碗，放点儿小葱花，再配一些五香佐料蒸煮，出来的调料味道醇厚，有农家之趣；若烟囱冒出来的火忽急忽缓，那可能是奶奶在做茄饼、糯米甜饼、芝麻饼……也有可能在做油炸虎皮蛋，总之一定是稀粥以外的盼头。

炊烟在暮色中，让人有归家的欣喜与期待，路再远，也近如咫尺。

炊烟在，奶奶在，若奶奶煮好饭了，她会站在门口，踏着那双小脚，一拐一拐反反复复地出门进屋，瞅瞅我这边，瞄瞄村头父母回家的方向。

她不喜言语，不像很多同龄的老奶奶，聒聒噪噪，端个碗，东村串门到西村，这样的热闹我虽然也受用，但是奶奶每天静坐灶台边，守着那冉冉升起的炊烟，是我内心所向。

村落安静下来，炊烟也渐渐随着夜的加深，辨不清方向，只闻得别家院落中那淡淡油香。

我只想早点到家。

冰糖葫芦

我还是有点儿虚弱，吃不下饭，躺在床上，吊着水。

周围都是白的，白的窗帘，白的墙壁，白的水杯，白的瓷盆……我让自己眼神模糊，这样可以将疼痛化作空气的一部分，晕乎乎地成袅袅轻烟疏离开。我累得只够做一个梦境，耳边突然轰隆隆开始爆裂，火光蔓延到大脑中，不停敲击我的神经，从喉咙开始疼痛，到胸口……一直到脚，我渐渐走入一片炙热沙漠中，我的腿开始去寻被窝的凉凉边角，最后悬挂在冷冷的铁护栏上，我能感觉到那片海了，不久被窝开始潮湿，溽闷，我像在海里了。

这次久烧不退，发烧了好几天。

妈妈偷偷来床边看我几次，我都知道。她蹑手蹑脚、脚尖踮着、猫着步子，一会儿看看阳光是不是快要照着我的脸，一会儿看看手臂有没有露被窝外，一会儿看看是不是出汗过多，一会儿站着，一会儿坐着，一会儿又走着，最后弄得坐也不是，站也不是，走也不是。

“你醒啦。”妈妈轻轻唤我，摩挲着我额头，半个身子俯下来，“想吃点什么？”

此时，我蜷缩着身子如孩童，害怕听到声音并去做回应，声音就像刀片刮着墙，落下的灰尘在身上怎么也掸不走，我厌烦、敏感、固执。

幸好，我的眼睛还没有老去。

窗外的玉兰开了，只见花不见叶，花蕾红白直立，宁静不杂沓。

妈妈把窗帘拉开，窗户半掩，偷一点儿春色，风不大，时不时飘来，恰到好处。

生病了，不愿意对春景做过多联想，只要不是纯白的就好，纯白让记忆空白，虚弱与疲惫会被放大，有机可乘。

我什么也不想吃，我吃的可能不是一种东西，我说不出来，它应该是一种鲜活，一种新奇，一种希望，一种力量，能让我吞噬后，跟身体的不适握手言和。

不知道怎的，我那时脑海里出现了冰糖葫芦。

它味道酸甜，红得浓艳，抹在上面的白糖，亮如霜雪，有着热烈而孤冷的况味。山楂在漫山遍野间，迎风昂首盛放，绿树阔如林，红色竞点缀，连着大地呼吸，吸尽朝露雨水，沉甸饱满，兀自狂欢。

镇上来的那位卖冰糖葫芦的山东小伙子，即便穿着很脏的衣服，看不出本来颜色，脸被晒成大麦色，也难掩浓浓青春气息，他每天用自行车驮着用稻草、钢丝缠的简易架子，上面插满了糖葫芦的条棒，卖光了隔天又插满了，那些山楂上的虫洞，别人看来觉得恶心，对于那时的我，它们是生命鲜活的载体。

有关生命的一切，都是鲜活的，好像吃了这些糖葫芦，我就能蓄积相应的力量。

“现在没有冰糖葫芦了吧？”我感叹了下。

“哦，你躺着，我出去打点儿水给你！”妈妈走开了，将窗户拉起了点儿，刚好够一点儿风拐进来，还能看到白玉兰的枝干的一角，玻璃上反射着玉兰花的影子。

我盯着窗外，渐渐有了困意，酣睡过去。

已经很久了，她回来的时候，气喘吁吁，津津汗渍直往额头渗，她抓起一串糖葫芦，递给我，另外一只手快速将被子叠成方块压于我背后，抱着我坐起，迅速将一件外套帮我披上。

她只是看着我，我把冰糖葫芦的塑料膜打开，开始吃起第一个，酸甜将我嘴里的苦盖住了。她的笑容慢慢舒展开，长长叹口气，还没有叹完气，意识到自己的情绪后，半路上又收回来，卡在喉咙里，怔怔地看着我。

“这个真是很难买呢，都吃掉啊！”她笑着。

我突然想起来，镇上卖冰糖葫芦的只有山东小伙子一家，他只有周一、周三、周五的时候才出现，其他时间去镇上做一点儿搬运的零工。

而今天，正好是周四。

“这个糖葫芦怎么买到的——”我正咬着糖葫芦，停在半空，不安与好奇心的驱使让我听她说下去。

“我先到镇上菜场去问，菜场的人说，去学校问问，孩子喜欢吃这些，我先去的小学，门卫说，考虑到安全问题，那个条棒容易戳到人，让我到中学问问，门卫说是外地人卖的，没有人知道他住哪里，只知道他每次回家都要骑上学校门前的那座高桥，下去了就不知道往哪儿去了。我就又上了桥，下了桥，一路问，一路找……我怕走得慢，你这边又需要我，但是又不想放弃……赶紧跑回来，都几十年没有这么跑了……我是老了吧？”

她说着说着，摇着头，回忆让她的眉毛挤成一簇。

看着我吃完，她轻轻卧在床边，说想睡会儿了。

后来，我时常想起她跨过那座桥，在希望与绝望间，一直往前的样子，前面没有路口。

异乡人

乡村的人们，祖祖辈辈生活在此处，不管是婚姻之事，还是日常所居，均离不开这方圆几里。乡间的男女到了婚嫁年龄，便有专职媒人过来说亲；要不就是父母是旧识，家道了然；时鲜一点儿的无非是自由恋爱。总之爱与恨总有去处，生活的圈子也难逃熟人的网，细想本乡本土，生活习惯雷同，习俗相通，不会平添无端烦恼，大势所趋。

异乡人，被视为异类，这在九十年代的老家还是根深蒂固，要是听闻谁家娶了外地媳妇，便被嗤之以鼻："不过异乡人！"

九十年代初期，小镇出现了很多洗头房、澡堂，十有八九为异地人所开，那些灯影灼灼、日夜翻转的霓虹灯，那些奇形怪状的文身，那些重重口味的外音，那些爆炸黄卷的发型，让小镇卷起了一阵骚动的旋风。那些贴在墙上半裸着肩膀的招贴画，那些烈焰红唇的海报，让空气中多了躁动，将日子翻腾起来，打破内心种种禁锢，让青春的热情得以承兑。

他们改变了我们部分的生活，但是却始终无法真正融入我们的圈子，虽处恋爱自由的时代，家庭的影响还是沉重，特别是我们那时的村落，人们守着土地，维持着纯粹的邻里关系，做事中规中矩。那些田地，那些流水，那些远天，那些房屋，那些家谱，所有的那些，都是自然而然地传承。农人维持着乡村文明与人际交往网的平衡，严格恪守着传统认知的圈线。

直到那天。

西村的涛沉默寡言，人长得矮小敦实，脸上黑斑若隐若现，小时候脸被破碗割裂，留很深的凹槽在右眼睑旁，一双乌黑的眼虽大，但呆然圆浑。那天他领回来一个女子，眉若弯月，眼若星光，皮肤白皙，一头乌发，实在是个俊俏媳妇。

来路不明，只知异乡。

一时半会儿，村里人嘁嘁喳喳。

涛是个修车工，家徒四壁，妹妹远嫁，父母身体不好，凑不足彩礼钱，竟能讨得如此漂亮媳妇，好像天外来客。

“大妈，奶奶，大叔……”细弱的声音随清脆的车铃声传来，河外的芦苇，随着晚风轻盈飘逝，将那绵绵的几声呼喊变成暮色中的一曲音符。

是那个小媳妇，她远远和涛耳语，看到人了，便挨个儿招呼过去。我们这边的习俗，路上遇到乡邻，需要打招呼，日后有事也好互相吩咐。一个村上，不能落下生分，每户人家需要知道各有几口人，基本情况要清晰，不要等有事才熟络起来，平时得多关照。

她招呼的时候总是低下头，眯着眼，嘴角绽放，眉毛那边慢慢舒展开。

晚上凉风习习，涛牵起她的手，她扭捏着推开，提醒涛这不妥当，然后静静地倚靠在树边。其他妇人撸起袖子声情并茂讲述一串串事件，众人哈哈大笑，她头侧向一边，眼睛忽而流转，静静看着涛，余光若星辰，但始终不言语，始终跟涛保持着一点儿距离。涛走了，她慢慢跟上去。

她从不插话，也不大声嬉笑，回去的时候，被涛硬生生地拽着一只手，低着头跑开了。

一段时间后，开始有一堆孩子朝涛家里跑。她是大学生，她先帮涛西边邻居家小孩辅导功课，她讲课循循善诱，极具耐心，一下子成为很多乡邻的救命稻草。乡邻取来自家农作物，有红薯、玉米、青菜、瓜果等，装满一大篮往涛家送，作为酬谢。

不沾光一草一木是乡里人的秉性，涛媳妇总是推托不肯收，双方推推搡搡，脸涨得通红。

“我晚上又没有什么事情，不过是费一点儿灯光，灯光不费钱，自己也用的，你们也没有把我当外人。”她跟乡邻招呼着，因为着急，脸上的眉毛皱起来。

她通常让孩子坐在她左侧，她站立起来，身体趴在八仙桌上，认真讲起课来，看到孩子有一点儿面露难色，便立刻停顿下来，从头开始再来一遍。

她的名声开始从一个外来妹，变成大家眼中知书达理的贤淑女子。

冬天来了，涛父母头上戴了顶漂亮的八角帽，拎起来的八个角像宝塔一样矗立在头顶，毛茸茸的，驼色色调接近土地的颜色，显得稳重敦实，老两口乐呵着。

“涛妈，你媳妇真孝顺，给你买了那么大金戒指啊！”涛妈在要过年的时候，中指上戴了个金戒指，戒指有点儿大，缠绕了几圈红毛线，将她黑色的皮肤衬得愈加分明。

“哦，这个是涛媳妇说她自己不需要这些，想送给我，我不肯要，手指头尺寸她也没有帮我量，自己做主偷偷去重新打了戒指！”涛妈自从女儿远嫁，总是郁郁寡欢，现在也开始跟乡邻说笑了。

每天，车铃声从远处传来，涛媳妇开始绵声细语地招呼乡邻，一个也不落下，喊到人心深处。

在槐树包裹的静谧村落中，家家和乐，每户人家，入夜时分，将白天所有的劳累沉入梦境，只有偶尔几声狗吠，荡在乡野上空。

夜色将一切黏合，难舍难分。

冬天的奔赴

一早起来，先去灶台面的小铝罐里舀一点儿温水，便匆匆跑去屋门外的大岩石旁洗漱。岩面被一层雾气罩得油光发亮，泛着冷冷的蓝光，湿答答一片，太阳出来好久才能消退去，心中想着：这石头从哪里冒出来的，看着冷得瘆人。

天气暖的时候，这块石黏着大地，太阳一照上来，就变暖黄色了，将石块渲染成跟土地一样的色调，不被人注意。

南方入冬后，老人家嘴巴上念叨“入冬了”这句话的时候，眼睛能朝着太阳看了，光线淡淡的，出门时头上戴着一顶顶针织的、薄薄的、钩着大镂空花的毛线帽：灰色的、土黄色的、深蓝色的、黑色的、铁锈红的……乡村动起来了，样子都很调皮。

河里的水，清澈见底。风吹过来，激起的水波显得光秃秃的，很单薄，像一壶酒倒在碗里激起一丝涟漪，而四周碗壁光溜溜的。

鱼鹰船停置在浅浅的水面上，横在河中央，被河底凸起的石块搁着，一边有点儿翘。从河底时不时升腾出一股股褐色浓烟，这烟是淤泥在水里荡开的花，深藏的鱼儿遭殃了，本来懒洋洋地躲在水草间，静静等着过冬的。

船夫穿过的雨靴靠在船舱的一爿沾满泥灰的角落里，船夫蹲坐在河边，烟瘾突然犯了，狠狠吸了一口，筹谋着入冬捕鱼的时间。

叶子落在河面上，零零散散飘落着，河面又一次恢复了平静。

河对岸望去，入冬后的河坝外，是成片的冬小麦。方方正正的菜畦，趴着油菜、大青菜。秋天的时候，菜籽被包在随意折叠起来的纸块里，散落在不起眼的旮旯角，农人突然想起来，才将这些黑小的菜籽铺在院落的芦苇席上晾晒。一些从屋檐、电线杆、芦苇丛中蹿飞下来的麻雀，喜欢趁人不备时啄了这菜籽去。

冬天来临，这些菜籽变成大片的绿了。

这绿，绿得深沉，绿得小心翼翼。天气不好的时候，雾霭沉沉将这绿色吸尽了去，要不索性等到下一场雪，将这绿色全然覆盖住，被霜雪打过的菜叶格外甜，甜得发糯，掺一点儿性温的羊肉红烧，温一壶老酒，炒一小盘花生米在嘴巴抿着，暖都在屋里关着，此种美境，是冬天特有的馈赠。

最让人心神安宁的，是晒着的草垛和鸡圈旁那棵长了很久的老树。

这棵树不属于时间，属于光影。入冬后，树杈间的叶子已经落光了，冷风吹得无所顾忌，冷月爬上天，斑驳的树影映射到隔壁家的山墙上，光秃秃的墙体变得热闹起来。

隔壁家早早点了一盏发出橘黄色光的罩灯，把满屋子浸润得暖暖的，一条狗卧在灶台旁的草堆里，厨房里满是葱下锅后爆炒的香味，在屋外飘着、荡着，美婶跟海叔在屋内前前后后忙着，灶膛内熊熊烈火在墙上跳跃着，映着忙碌的一对人影，黄豆秆噼噼啪啪在夜色中嚼着日子，淹没在海叔美婶的欢声笑语里，运气好的时候，海叔下班后常常能钓一点儿鱼，把美婶养得白胖。

三十年前，美婶很年轻，还没有嫁到我家隔壁时，跟妈妈在一个厂上班。海叔当年家境贫寒，美婶跟他自由恋爱后遭到家里强烈反对，美婶几经周折找到我妈，再三请求，试图将娘家那些好衣服一点点慢慢搬离出来，在我妈这里先放着。

那会儿刚入冬。

“兰儿，冬天衣服都好厚，容易被家里发现，现在天好像还好啊，衣服都拿光了我怕父母受不了……”美婶神色匆匆地将一款当时最流行的毛呢格子大衣，慌张中叠成块，硬塞在妈妈上班的大背包里，紧张已经让她的思维不能考虑半个月以外的事情了，她一会儿甜蜜地笑着，一会儿又突然想起什么事情来，哭着直抹眼泪。

“天气后面会慢慢冷起来的……”妈妈说。

“没事，没事，人先出来就好了……这冬天再冷，哪怕死冷死冷，心暖就行……”美婶狠狠心，语气变得坚决，最终匆匆选了几件薄衣。

那一年，她奔赴在没有盛装的冬季里。

剃头匠

村子被槐树所绕，繁盛至极，禀天然之英姿，村头的那一棵尤色彩鲜亮，叶茂幽蔼。

顺子拎着一个旧木箱，在季节更替之时，端来竹凳，坐于这古槐树下，等着乡亲们来理发。他是走南闯北的剃头匠，出门吆喝惯了，素日遵守约定，固定时间前来，乡邻们无须费劲思量苦等。顺子将剃头工具在槐树下放置妥当后，无须张罗，乡邻间奔走相告，男男女女，黄发垂髫，像过节一样，纷至沓来，人群熙攘，或站或坐，聚于槐树下，不久门庭若市。

他的剃头工具极其简单，只有剃刀三把、夹剪一副、木梳三把、篦子一把，一字排开，顺子说："做我们这行的，不是看工具多花哨，心是一把最利的器，在心！"

炉中水烧开后，他开始招呼小孩前来。

剃头对小孩来说是枯燥乏味的，顺子便拿来蚕豆大小的糖果哄小孩，小孩乖乖地去洗头，皂角在他手中变得温柔，如母亲轻拂发际，淡雅香味有不务虚华的质朴。孩童很快能安定下来，他身高不足一米六，挥动围布时苍劲有力，让孩童有了仪式感，虔心迎接轻落膝间的围布。他们双眼微闭，接受顺子在头顶一阵阵咔嚓咔嚓飞舞摆弄，那声音有节奏，舒缓但抑扬顿挫，孩童竟然有了睡意。

满身泥土，浑身上下脏兮兮的小孩的脸被洗得白净可人，头发也被剪得精气神十足，大人看了啧啧称道，小孩子欣欣而逐，在槐树旁绕着圈。

然后轮到老人，按照年龄依次安排，奶奶那一代人的老妇人，要不两长辫垂于两肩，要不齐耳短发，发型周正就可以，追求的是传统、本分、舒适。

男性是往短去剪，主要区别是局部长短与造型的变化。看上去简单的剪短有细微变化，出来的效果会因人而异，但都恰到好处，剃头的绝妙之处在于：简单的事情做出新意跟差异。

顺子剃头的时候喜欢跟人聊天，通过闲聊细心观察，判断客人性格，做到胸中有丘壑：性格咋呼的，头发留长一点儿，显得温润；看上去羸弱的，连角孙穴那边的发都会剪短，人显得干净利索；要是追求时尚，可以在百会穴周边做一些简单造型出来。

在剃头、刮脸后，顺子会免费为这些客户剪鼻毛、掏耳垢。他屏气凝神，静下来的时候能听到树叶飘飞，簌簌而落，轻掠湖面。

收费也是根据不同人象征性地收取，有的家中子女不在，孤寡老人之类的，随意收一点零头足矣，顺子总说他们头发不多，自己顺手的事情，不碍事。剪同样发型收费稍高的其他乡邻对顺子的上述行为也是默许支持，通过手艺赢得尊重，自然心服口服。

旧时理发讲究九道工序，即剃头、洗头、刮脸、修眉、修须、扒耳、洗眼、拿痧、敲背。

顺子手艺过硬，大家都喜欢找他剃头，他在剪头发的时候，会跟乡邻讲一些民间逸闻，以解乏味，忘情之处，那被剃头之人，侧耳哈哈大笑，刀子若不小心划到脸，顺子赶紧拿来一点獾子油涂抹，结账的时候抹掉零头，顺子说："今天我破点儿小钱，你破点儿小灾。"

引得那磕破之人心生愉悦，忘乎所以。

头发理完了，顺子会将手抓成一个空心掌，在人后背或头上的穴道轻拍几下。因为剃头时间长，眯着眼不小心昏睡，洗过头毛孔微张，贸然起身容易凉气侵袭，尤其是秋冷冬寒时节。顺子用空心掌拍几下，让人血脉扩张，气血贯通，精神振奋，有了抵抗力，就不怕着凉。

帮那么多人理过发，顺子自己却一直是光头，谁也没有见过他长发的样子，他说：走南闯北，越简单越好。

多年以后，镇上开了很多发廊，年轻人喜欢去烫发，追求最新流行。村中的老人还是眼巴巴地等顺子来剪发，听他唠唠嗑，理着头发，数着日子，觉得安心。

后来，顺子年纪大了，自然故去，就像这头发，遵守自然规律，顺其生长，到时候了，剪刀一挥，落地无憾。

槐树依然立于门庭，盛如翠幄。

顺子的故事在古槐的枝杈间流转，温暖记忆在它躯干上镌刻。

只是，顺子，尚不知姓甚名谁。

归途

我们刚搬到这个敬老院时，正是秋天。

说是敬老院，倒不如说是个处处洋溢着幸福的天堂般的地方。

两层楼房，有一定年代了，被围成一圈，只有一个出口通往外面的世界，出口用绿色的铁栅栏围住了，结了一些不知道什么植物的藤蔓，上面挂了小彩灯，晚上红红绿绿闪现，就像过圣诞节。入夜了，铁门轻扣，皓月当空，月亮被锁进来，留下一地莹白，院内水泥地，落叶总被扫得干净，绿色植被四季开着，院子用青白色的砖瓦堆垒，阳光升腾起来的时候，砖缝里的青苔泛着金黄色的光，暖了整栋楼。

二楼是政府官员的宿舍，一楼是孤寡老人的宿舍，他们互相认识，早晚进进出出的人都会打招呼。夜深，院落呼吸出来的袅袅烟火气，化作早上的朝露，让整个院落有了干净雅淡的气息，阳光一出，一切便消退了去，几只鸟飞过来。

跟这个敬老院的缘分，起因是我们转学到镇上，离家远，姨爷爷在计生委部门谋得半职，当时单位有宿舍分配，跟敬老院在一起，他说宿舍久置不住，让我们搬来了。

我们便开始了在养老院的生活。

老人很快与我们熟识起来，他们白天端着凳子零散地在院内的过道里坐着，半眯着眼睛，聊一些过去的事情，交换着彼此人生的经历，互相填补着不同的人生。有风的日子，他们在院子里慢慢地踱着步，活络筋骨，心情再好一点儿便走出那道门，去一公里外的镇上小店，买一点儿类似花生、瓜子、蛋糕、酥饼的常规零食和一些可以在手中摩挲的核桃、佛珠等玩物，也经常带点儿鸟食、猫粮回家喂养院落里的不速之客。

他们没有子女，是方圆几公里内政府筛选出来的孤寡老人，敬老院的生活是平静温和的，作息规律，吃喝不愁，日常护理有保障，但是总有人陆续去世，却一直没有新鲜事物进来，对生活浓烈的希望就那么多，时间会稀释它们，而我们的到来让他们看到了一线生机，我们年轻跳跃的细胞成了他们生命得以重新鲜活的寄托物，他们在我们身上感受跳跃、年轻、奔跑，幻想着老态龙钟的身体只是暂时的寄居，我们才是他们热血灵魂延续的一部分。

每天上学，他们跟我们招手作别；放学，他们坐在门口等着。

闲下来，老奶奶们会邀请我们进她们屋子，拿出放了很久的老物件，它们跨越了大半个世纪，显得很有历史积淀。有时间她们会教我们做一些旧时的简单手工，讲一些失传的人文风俗，她们年轻时会很多东西，可是从她们满是寿斑的手、凹陷下去的脸颊、满头白发中，已经找不到曾经鲜活的痕迹，时光倏忽而逝，时间的力量在她们身上显得那么具体，她们不愿意生活过的证明跟她们老去的躯壳一起被时间埋葬，也许这些老物件只是她们对我们善意的回赠，这些是她们觉得唯一拿得出手的东西了。

下雨、下雪天回来晚了，他们会在门口等着，一个出来看，两个跟出来，三个，四个……屋檐下的雨滴在夜色里滴滴答答，被风吹得有点歪斜，连成一道道水线，被屋檐下昏黄的灯照得孤单，一些花坛里的泥土被冲散到水泥地上，四周黑漆漆的，只有屋顶的轮廓一动不动，偶然的一两声猫叫，夹杂在越来越大的雨声里，竖起耳朵才能听清。

院子里开始冷起来。

我们的伞的影子从门口一点点透进来，一个个被灯光填满的正方形空间里，跑出来一个个黑影，惊喜地说一声“回来了”，院落的脚步声、人声开始盖住了雨声。我们辨清他们的脸，一个个称呼开去，称呼声被一个个拖长的“嗯”声认领了去，我们上楼后，楼下的火光渐渐暗下来，只断断续续有一些咳喘的声音。

一天，算正式结束了。

我们放学途经他们屋前的时间，不过是从学校到家的距离的一点儿零头，他们把时间拉得很长，在拉长的时间里，世界在我们眼前播放着慢镜头。

夏秋季节交替，空气中飘浮着猫咪的微小毛发，黄奶奶似乎对毛发过敏，这个时候喷嚏打得最多，老猫喜欢蜷缩在东北角落里晒太阳，晚上的时候会比中午多吃一点儿；院子里的两棵桂花树，它们开花的周期相差两周，花的颜色一个是乳黄，一个是金黄，金黄的开得密集些，李奶奶喜欢趁别人没有起床，拿个塑料糖罐去树上摘桂花，估计她喜欢吃桂花糕之类的，偷偷给生活一点小的甜头；章爷爷喜欢晚睡，有时候月亮很通透的晚上，他独自到屋子外呆坐，去默想；刘大爷每次在菜单里有鱼的日子里，省下小半条留给院中的流浪猫；姜太太有个碎花格子的手帕，经常拿出来晒但并不用，她平时用的是一个纯白手帕；翟爷爷喜欢一下子打三瓶热水，多的一瓶是给隔壁王奶奶的，王奶奶八十九岁高龄了；何爷爷是最喜欢去镇上的一位，他每次都会带一些面食回家，回来给大家做茶点；陈奶奶脾气最暴躁，但是听到不幸的事情抹起眼泪是最快的，她能上一秒在哭，下一秒鼻涕还挂在脸上却笑出声来……

什么季节开什么花，什么节气有什么风俗，什么东西能辟邪，什么办法可以驱寒，什么可以御热，树木什么阶段是什么状态……

于我们，有了老人，时间慢得足以静下来思考很多事，细细品味，深爱身边的人与事。

于老人，有了我们，时间快得很容易唤起人的岁时之感，猛然清醒，正视自己的荒芜，才有澄明之境。

时间，是我们共同的归途。

晚年

天气越发冷了，冬天的风，从过道里一路追随，像一根根针，刺入身体。

窗外霜华正浓，出来一会儿，鼻子上便有薄薄一层白色霜花。

精致镂空木色纹理的窗户，贴着几张泡沫纸，风砸到窗面，噼噼啪啪乱响。

靠近厕所的一间房的灯一直亮着。

这房中寡居的老人，不知道她今夜可好？

在敬老院时，楼下有个公用厕所。

她就住在靠近厕所边的房间里，整个大楼最差的位置。

到了夏天，臭味时不时袭来，空气中来股热浪，到了屋中便散不去，久久徘徊。

冬天，光线被前面的一层楼挡住，她这里常年晒不到太阳，下午三四点的时候，才从东山墙拐一点儿阳光进来，又匆匆下山了。平时屋内湿气很重，下过雨，风吹了一天，门前水塘里还是一洼水。她房间外的水岸边长着几棵白杨，时时有塑料袋飘在湖面上，风把袋子吹鼓得像鱼泡泡。

那里是冷的，风也大。

每次经过她房间，我都会加快步子。

看到她一个人在房间里，摆弄着房间的物件，拿个小茶杯，拉一拉床铺，开一开橱柜，一点点挪动着凳子，慢慢喝水，踱着步子此类小事。门半掩着，光可以照进来一点儿，很长时间里，除了目之所及的匆匆一瞥，我们再无交集。

那年冬天，下了一场雪，我裹着厚厚的棉衣去楼下，手冻得像红色的萝卜，插在兜里还冒着寒气。雪后世界竟变得栩栩生动，连河道旁的垃圾都似一座晶莹雪山，正诧异于天地之间的奇景，却听得两声咳喘，持续地震颤，我凑近了看，她两只手颤颤巍巍捧着一个小热水瓶，背弓着，很吃力地往上提，凳子上放着一个白色瓷盆。

一定是天太冷，她想倒点开水暖手，她九十五岁高龄，平时不出去跟其他老人寒暄，所以访客很少。我赶了去，拎起那热水瓶，呼噜大半瓶下去，热气腾腾地直往脸上扑。

她感激地用老树皮样的手抓着我手腕，眼睛深陷下去，脸上的皮肤紧贴着骨头，中间没有肉的过渡，脸色却还可以，头发没全然斑白，松散的发髻如蓬松的云朵，深蓝的厚棉袄将身子撑大了，似一个鼓胀的气球。她是怎么穿这么多衣服的？光是想起低头、抬手、弯背、扭身这些动作，好像经历了一个漫长的隧道，不知怎么走出。

“谢谢你——好孩子——”她干瘪的嘴巴挤出来的字有长长尾音，也没有多余的话了，我们彼此沉默着，我们之间隔了太远的距离。

后来，每次经过她那边，我都会刻意多望几眼她的屋子，看看有无需要搭把手的，我称呼她阿婆，她笑着，缩着脖子，时间久了，我们也算认识了。

第二年，秋天来得有点儿早，叶子还没有开始落，早晚得披件薄纱出门。

下楼时，她倚在门口，看到我，手缓缓张开，只能抬到三十度角那么高，已经不能再抬高了，举起来的刹那，就开始微微抖动。

一年对于一个风烛残年的老人，也许就是生死之间。

她轻轻唤我，让我进屋，帮她捡一下掉落在柜子下的发簪的小珠粒。

这个对我而言轻而易举，我跳进屋，趴在地上，在一个黑色木柜的角落用衣架够到了，起身后掸了一层灰，柜子下长期没人打扫了，打扫卫生的阿姨只会八卦老人以前的琐事，做无端的猜想，对于这些需要细致到实处的事情，向来视而不见。

这次她让我坐坐再走，她说她现在待在哪里都一样，主要年纪大了，万一出去跌倒了怕再也爬不起来。

我不知道怎么接下去，倒是她先说话了，感叹我们现在这个时代太幸福了，以前战争的年代，生都成了奢望，接着长吁了一口气。

她继续娓娓道来，父母去世早，她靠奶奶长大，村上有个青梅竹马的男子，家境挺好，在外地还做一点儿木材的生意，那家人都对她好，不顾她当时的身世，答应风光娶她进门。男子去参了几年军，到了结婚年龄，男方嫂子替他跟她先拜了堂，不料后来他被日本人打死了，永远留在异乡，那年他二十二岁。

后来，她终生未嫁，膝下无儿女。

说起这段往事，她目光平静，像一尊冰冷的雕像。只是谈及他是个好人，他家人在她嫁过去后对她的照顾，她的眼神突然亮了，脸上仅存的几块肌肉全都被往上提了去，用尽全力去撕扯绽放了，手在胸前握着，好像随时会破碎，紧紧握着。

她不想这段往事随着她的年老而死去，说出来的那刻，她的爱人好像得以在世间又存活一次，他首先停留在她说出来的字眼中，然后到口中呼出的空气里，再从她年老的脑海到另一个年轻人的脑海里，慢慢找到一个新的地方着落，那里可以替她再存活几十年的记忆。

那么，他好像还是在的了。

而我，是最佳人选。

春天来了，平时哼哼唧唧说这里痛、那里痛的一个老人被侄儿接走了，靠近厕所的那个房间成了放闲置桌椅的地方，她得以搬走，保洁阿姨说，她总算走了点儿好运。

我知道，对于她来说，其实哪里都一样。

心中有大爱，人在苦中，一切也只是当顺延下来的寻常日子过。

她的晚年，是幸福的。

报

刚下过一场大雪，路上寥寥数人趔趄而行，只有经常走的路面上的雪才化得开，被深深浅浅的脚印踩踏得又脏又黑，天地间像装了个拉链，世界一片苍茫，一片白净，地面冒着冷气，偶然有一点积雪从树梢间滑落，重重跌落在地面，砸出一个坑。

去学校的路走得踉跄，吸入寒气像往鼻腔里撒了盐，不敢大声说话，冷气会游到肺部。

“下这么大的雪，冷死了！”发小愤愤地说，在我前面踢着一些被他用树枝划开的雪块，左右扭动着腰，试图从这急促的爆发动作里，获得奔腾的热血，带来一丝暖意。

我的脚尖因为过冷而发麻，产生全湿透的错觉。

下再大的雪还是得上学！就算因为雪太大而放假，那也要等去了学校老师宣布了才算。

走着走着，总算要到靠近学校的村子了，学校在村子的最西面，与村子就隔了一个小型养鸭场，矮矮的围墙上涂抹着类似“好好学习，天天向上”的红色标语，不仔细看，很容易被遮于河堤青柳中，这些字估计是彰显这毕竟是个学校吧，提醒人们不要在河坝外大声赶鸡鸭，扰乱课堂安静。

路过一爿下过雪的菜地，深色的肥叶大青菜，从雪中探出一点儿头。有个老人，穿着黑色厚棉袄，费力地弯着腰，得以让她的手臂触碰到一点点菜尖，她手冻得通红，坐着的凳子很矮，陷在泥泞的雪地里，后背已经染湿了一大块，她用手在那儿费力地扒着雪，总算扒得一整棵，她嗫嚅着，被她连根拔起的青菜上沾着泥土，她笑着，用手剥了一片菜叶，急急递送到嘴巴里，仰着头，鼓着嘴慢慢咀嚼着，还没等嘴巴里的吃完，又剥下另外一片叶子，囫囵吞到嘴巴里。

“哦啊，是个疯子！”发小惊呼一声，拉着我，拔腿就跑。

我们村上也有一个疯子，有一年倩婶女儿落水，倩婶精神开始失常，老说些莫名其妙的话，因为我见过她疯之前的样子，所以每次看到倩婶，心中都会感到遗憾又怜惜。

可是这个老人呢，她会有什么故事呢？她的眼睛那么清澈，难道是被雪映衬了？

父亲给我们上学定了个规矩，路上看到长辈要打招呼，后来衍生到经常打照面的邻村的老人也要称呼。那时候，民风淳朴，招呼别人一声，那些老人会啧啧称赞，当你离开了，他们还会转身看着你继续往前走几步才放心，上学路远，就连邻人养的鹅都有可能扑过来啄女孩头上的红头绳，平时待人礼貌一点儿，遇到突发情况，别人也会伸手帮衬一把。

后来，我多次看到那个老人，我便远远地喊了她一声“奶奶”。

黄昏的余晖只能照到大半个路面了，她就站在阳光与阴暗的交界处，穿着腰间有“麦惠一字盘扣”的藏蓝色棉袄，黑色的灯芯绒裤子，我看不清她的脸，只见飘动的几缕发丝在阳光下发着光。

“宝宝！”她嗫嚅着，在离我十米的地方，背影渐渐拉长，一股蓝色朝我压来，我愣在原地，旁边的人早已如惊弓之鸟，我还没反应过来，她的手就像龙虾的两只大钳死死地扣住我的腰，将我抱起来，用她的脸紧紧贴着我的脖子那边。

“放开我妹妹——”姐姐吓得哭起来，挥着手拍打，跳着，旁边惊呼声一片，大家睁大眼睛，不知道下一步会发生什么。

我的心开始怦怦乱跳，脑海里是各种被摔的画面，脚轻轻摩挲着她的衣服，不敢用力，毕竟她是疯子，如果她不想抱我了，突然在半空中松开手，我会直接垂落到地面，或者干脆把我举过头顶，摔过去，我面露惧怕神色。

她只是这样抱着我，什么也没说，然后慢慢蹲下来，直到和我一样高，才轻轻松开，她的眼睛里，我看到了黄昏最后的余晖落入林间。

我没有继续看她，扭过头就被姐姐匆匆拉走了。

毕竟是疯子，以后我还是小心点好。

后来我还是会喊她，只是远远地、远远地看着。

冬天总算过去了，春天来了，天地间各种绿：一些常青针叶树熬过冬季的暗绿；一些耐寒树种被春雨润泽的暮绿；露水下刚出土的植物鲜嫩欲滴的青绿；黄色叶子抽丝而出的浅绿；大片菜地泛着光亮的荷叶绿；新芽已经发了，旁边树干仍旧是棕褐色的新绿；散落在边边角角阳光照耀下苔藓散发出的荧光绿。各种绿，绿得自由而热烈。

春天，终究是热烈的、骚动的。

我踱着步子，走在去学校的路上，突然蹿出两只扭打的狗，翻滚着，追打着，呼叫着，啃噬着，它们就在我眼皮底下，刚还在视线的左边，一会儿就到了右边，我眼睛就这样咕噜噜转悠着，还没等我将这烦躁的狗叫声从胸内驱散，其中一只狗朝我这边狂奔过来，另外一只立马跟着。

感觉大事不妙，我想起了父亲教我遇到狗扑过来要蹲下来，捡个石块，又想起母亲说的站立不要动，进退两难间呆呆站着，本能让我撒腿就跑。

我没有了意识，呼呼风声，呛得我胸口疼痛，心快要从喉咙里喷射出来，我开始大声哭喊着，狗的叫声越来越近了，遇到田垄的沟壑，我差点儿要跳下去。

我穿过田垄，向村舍飞奔去。

狗的声音越来越集中，但是奇怪了，却越来越远，我才想起回过头。那两只狗，围着那个疯子奶奶，往她身上攀爬着，她紧握住手中的扫帚朝它们乱打，斜着、竖着、横着，变着方向地乱舞，那两只疯狗开始发疯，目光险恶，声音浑厚，一只用嘴巴拖着她黑色的裤腿撕咬，头左右摇摆，尾巴扫着地面；一个朝她身上扑咬，她手中的扫帚激怒了它，口口用劲。她眼珠红了，沙哑的嗓子开始咆哮，嘴巴里骂骂咧咧，死命地狂甩裤腿，奋力用手握住扫帚的柄，瞄准了直接撞击狗的头部，所有的声音堵在半空，揉成一团，像个猛兽。我被吓蒙了，旁边开始来人了，有人拿着大块的砖头，有人拿着铲子跟绳索，有只狗死死地咬着她的腿不肯松开，被村民用砖头击中了后背，另外一只被村民用水泼走。

她瘫坐在那里，哭得像个孩子，两只手抹着红红的眼睛，肿得像蜻蜓的眼，她处于惊吓状态太久，迟迟不肯起来，捧着扫帚，在地上半撑半坐着继续哭，直到声嘶力竭，才有人将她拉走。

她当时看到我的哭喊，顺手就拿起扫帚从屋子里奔出来，没有任何迟疑，就像每次看到我叫她，她高兴地应我，眼里有星辉，藏不住地瞬间释放。

那天，我才知道她过去是个什么样的人。

小年

真正感觉到过年的气氛，应该是从小年开始。

小年伊始，家里开始掸尘除垢，灰尘沾上了水布条后，擦拭起来很快，细微之处的干净最沁心。窗台上飘落着羽毛、蜘蛛网尘，人鲜少上去的三层阁楼顶的过道里飘满落叶、野果子，而这一切都会被扫走，过了年春天也便不远了。

小年那天，母亲端着入冬后腌制的野菜坛子，给我们做一些跟平时不一样的食物，草头、大叶青菜、豇豆均可入料，这几种干菜味道相近，就一点儿咸肉下锅蒸煮后，味极鲜美，煮食时黏稠的浓汤咕噜咕噜泛着泡泡，袅袅雾气染白窗户。

老家平时不吃馒头，但过年总会做一些，意为蒸蒸日上，如果哪年馒头没有发酵好，主人家会忧心忡忡，把这种失手当成来年不吉的预兆，旁人纷纷劝说，才能博君一笑。

过年人多相聚，每天撑破了肚皮吃，日日餐桌前菜品别致，但人后受累，于是家家户户年末做一点儿馒头，熬点儿籼子粥，蒸几只馒头便可待客，物以稀为贵，此举不会冷落三三两两的零散上门客，大家可把更多的时间用于聊天上，不必时时盘点着如何制作满汉全席，生活是恰到好处的随意。

后院有一爿菜地，临近过年，经霜，青菜长势喜人，暮绿色的菜叶颜色厚重，味特甜。小年那天，母亲去镇上现磨两块豆腐，冻过的豆腐化开后，一块块棱角分明不易破碎，与青菜一起入锅后，味道互相渗透，我总想起“翡翠白玉”的典故。

小年也是辞灶日，家人早早吃完晚饭，在灶王像前放一些糖果、咸肉、咸鱼、蜜饯等，酹酒烧钱，生一炷香，送走灶神。民间传说，每年腊月二十三，灶王爷都要上天向玉皇大帝禀报这家人的善恶，让玉皇大帝赏罚，所以需要用甜饼等封住灶王爷的嘴巴。父亲说，用糖封住灶王爷的嘴巴，坏话说不了，好话也无从表达，索性由他去，我们不走那一套。他劝诫我们平日里不要浪费粮食，不然到时候灶王爷如实上报会带来不好家运，他说时面无嗔喜，一字一句吐字清晰，显得可信度高，我们姐俩从小吃饭总会把碗底舔得干净，当理解父亲的深意后我们已经长大，珍惜粮食的信念已深植内心。

小年夜晚上，奶奶拿出铜制的暖手壶，这壶灯笼造型别致，扁圆滑溜，雕花刻鸟，被擦拭得格外光亮，临睡前壶内灌了开水，满满当当，用一块大毛巾裹着，小心翼翼放在被褥里。

她坐在我旁边和面，准备一些家常的面食。

旧式被子里的棉花非常厚实不亲肤，睡上去身上像压着一块石头。

当我的脚触碰到铜壶时，一股暖流从脚底化开，被子不再觉得湿答答了，天空清朗，深蓝色天幕下，空气中充斥着尚未散去的檀香味，远处间或响起了一阵阵鞭炮声，将空气搅和得热闹，驱散了天寒地冻。

小年夜，万家灯火在冬夜里跃动着，隔着擦得光亮的窗户，天上的星星清晰可辨，碎碎星火将天地连成一片。

我想着，这是天与地距离最近的时候了。

第五辑

蝴蝶

男怕入错行，爸爸入了车工这个行当。

所涉及的工具有钻头、扩孔钻、铰刀、丝锥、电焊、铸模、板牙和滚花等，父亲刚跟师傅学徒时，经常晚上回来拿着图纸，在泛着黄晕的煤油灯下细细琢磨、回忆、研究，夜很深，才睡去。

日积月累，练就了他过硬的车工技艺，在社办厂谋得技术指导一职，收入虽微薄，但日子过得清闲。

那时村中长满了拐枣、桑树、苦楝树、榆树、槐树等，整个村庄被包裹成一个绿色的圆球状，只在村落中间劈出一条曲径，静谧的环境让人怡然自得，感觉现世安稳，即便在这小小桃花源中固守自封也乐意。父亲家中排行最小，爷爷也从不给父亲压力，老屋门前东边有棵歪脖子桑树，身子大都倾倒在河面上，桑果成熟后，父亲调皮，中午下班回家，用脚一跺树身，桑果便纷落河中，河中鱼抢着吃，那时父亲身轻如蝶，手脚灵便，可以一下子用鱼叉叉一两条鱼，改善一下伙食，他成了大家眼中的“鱼叉少年”。

到了适婚年龄，爷爷一座一座村庄挨次访过去，帮父亲安排了一场相亲。后来，我的母亲便来了，婚后不久分家，爷爷突然得肺疾去世，加上我跟姐姐相继出生，家徒四壁，揭不开锅了。

“鱼叉少年”一夜长大，为了更好地照顾家里，跟母亲商议，买台车床，尝试自谋出路。

家里拼拼凑凑，凑足了三千多块钱，去隔壁的市区买二手的。第一次出远门，父母用一块碎布把现金缝在大衣内兜里，一路走一路打听，总算买到心仪的车床。

车床拖回来的时候，云在很远的地方翻腾，天际变成白色与黑色界限分明的幕布，雷电交加，声音听着瘆人，大雨如注，农村全是弯弯曲曲的泥土地，地面就像搅拌开的咖啡，淤泥混沌，到我们后村，机器像长在地里，动弹不了。

父亲从村头喊到村尾，请在家的青壮年全部来帮忙，把深陷泥潭中的车床挪回家，路面泥泞，鞋子雨靴几乎都撞不开这泥地，最后只能赤脚在泥地里拖行，一步一步，走走停停，几吨重的车床，推到半夜才到家，众人都精疲力竭。

面对这种情况，母亲一脸愁容，开头这么难，连老天也故意刁难。父亲笑着，安慰起妈妈：“我就知道，这个机床是个好兆头，搬回家就下这么大的雨，这个叫风调雨顺！”

兴奋得一夜未眠，迫不及待将机床组装好，却无法启动。拆开后，原来里面大部分零部件连同马达已经被偷偷抽走了，相当于买了个空壳出来，如同废铁。

夏天的树林，郁郁葱葱，硕大的蚊子满天飞舞，他坐在那里，慌了神，不察蚊叮虫咬。

此后半年，他白天上班，晚上一回家就研究机床，里面的配件一件件购置，试了又试。他总是默默看着图纸，画着草图，用满是油污的手在那儿拆装，一言不发，似乎只有这样所有的能量才能汇聚，不从嘴巴里溜出来。

兜兜转转半年，机床发出了轰隆隆的声响，那是它跟父亲特有的语言回应。

车床开始载着一家人的希望，稳稳地转着。

父亲除了接一些加工的活，还喜欢研究各种生活的配套玩意儿，家里的晾衣架、一些金属动物、形状各异的铁质工艺品都出自他手下，他每次发明了新东西都高兴得像个孩子第一时间跑来拿给我们看，村民的车轮子轱辘经常坏，他赶紧用机器帮忙锉磨，其他小物件的简单加工也从不收钱，他总跟我们说起车床搬回家时那场大雨中的事，以及晚上夜班车床声音很大，乡邻从无微词，让我们时刻记得感恩。

他大部分时间都在家，鲜少出去，但是名声在外，很多慕名前来的客户。说是客户，最后都成为他的朋友。好几次来家中，雨下得大走不了，他们便在屋檐下聊着天，父亲给朋友点燃一支烟，说一些工作上的事，有时候到了饭点会留人家吃饭，喝点儿小酒，炒点儿花生米也能成席。

他平时只是做着车床的活儿，外面的纷纷扰扰都与他无关，喜欢在家种种花草，小敲小打小磨。天气热的时候，电焊的温度太高，他很多衣服上都是洞口，喷射的火光，穿透到无边的灼热之中，像流动的火山口，星光热烈，发出哧哧的尖锐声响，床身厚重低沉，咕噜噜地咳不出声音，机肚里排山倒海，排出的铁丝经常不经意间迎面袭来，飞落到半空后，火光清凉，垂垂抖落，烫伤、割伤是常事。

时代越来越进步，机床老实地蹲在墙角，像个老伙计，看着父亲进进出出。

明月清风，酷暑寒冬，车床的声音穿透村落，轰隆隆的声响与夜色糅杂，车床一直转着，时间也都被卷进去了。

我跟姐姐都考上了大学。

上大学那两年，回来见父亲，他说话时神情有些呆滞，总是喜欢沉思，出去骑车容易跌落，像一片树叶，飘忽。

父亲终究还是老了。

……

医生推断下来可能是长时间接触金属，或许是压力过大，加上长期上夜班，积劳成疾。

人生不能倒转。

从搬回来知道是空壳那天开始，他已经把自己所有的能量与灵魂注入了机床体内。

有些事是注定的。

父亲这次只能手术了，他沉沉睡去再也没有醒来。

轻得像一只蝴蝶。

停电

小时候停电是家常便饭。

入夜了，一户人家一两个房间开着灯，不会弄得整间屋子灯火通明，农村人过日子讲究实惠，每家每户零散灯光串起来，不停开着、关着，窗边不断穿梭的人影，构成一幅幅动态剪影画。

乡村入夜早，白天都把一颗劳心交付生活，夜晚才腾出时间安放自己的闲情，缝缝补补，唠唠家常，揣想下明日生计之事，熬着时光。

倘若此刻突然停电，手中正在做的事情会一下子被打乱。

春秋季节，满目绚烂多姿，风光在白天已经看透，黑魆魆的夜晚不具备任何诱惑，停电的怅然心绪被放大。大家掌着煤油灯，点着蜡烛，安静地等着，催促村中电工师傅开闸送电，有的索性早早入睡，情况多变的当属夏天。

空气溽闷，人一下子从电扇带来的凉风习习中抽离，瞬间汗流浃背，那暗黄的煤油烛光，更添几分焦灼，大人把小孩唤到身边，擦了擦他们汗津津的身子，轻轻摇起蒲扇，开始讲故事，左手摇累了，右手换着来，时间久了，便歪着脖子，暴出的青筋显得有些吃力了。小孩子见大人这个窘样，嘻嘻哈哈一把夺过蒲扇回赠大人一顿猛扇，大人头发被吹得竖在头上，嘴里一边骂骂咧咧，一边笑着对小孩最近在学校或生活中的表现做点评，尽兴之处还不忘拧一下胳膊。

乡邻纷纷走出屋子，搬来长条凳，唠起家常。男人沉闷，点一根烟，夜色中弄出荧光微闪，将养家的辛酸劲都咬在这烟头上，变成袅袅轻烟散开去，心中豁达起来，吸得坦然；妇人白天闷头做事，低头别家门前过的样子无影无踪，说起家长里短，各种人生道理头头是道，黑夜给了她们佯装自我的勇气。

户外月色幽凉，星光璀然，波光微荡，草动虫鸣，树影人沸。

夜不再安静。

若冬天停电，窗外寒风凛冽，屋内掌一盏煤油灯，点几根蜡烛，灯芯散着光晕，暖渗透到房间的边边角角。微光虽寡淡，但有毛衣的绒绒温暖，纳鞋的捶打热乎劲儿，作业的沙沙不绝声，煤球炉的哧哧燃烧，投射到墙上相碰撞的人影，所有微光与热火，让停电的夜晚变得充盈、温暖。

停电成为乡村生活的调色剂。

乡村落后，供电不足，停电非我愿，但在黑暗的环境下，我们学会了适应。

那时没有什么通信工具，不像现在可以随时联系，串门本寻常，找一个人，从东村走到西村是常事，有时候找不到只能没有目的地扯着嗓子喊，会有人继续帮你接下去，整个村子飘荡着你要找的那个人的名字，世界就这么大，绕一个村子总能找得到回家的路。

没有任何征兆的停电是生活送给我们的出其不意的棋盘，生活中的小意外没有彩排，坦然接受是唯一的方式，学会在没有电的环境下给自己找乐子，是必修课。以至于后来，生活中的小确幸变成喜欢的电视剧能每一集顺利看完，一壶水可以顺利烧完，一件衣服可以熨烫完。在这些最简单的生活日常之事中，幸福触手可及。

晚上停电了还可以拿着鱼竿，拎着背篓，出去钓鱼、捕黄鳝，感受工作之外额外获得的自然之趣，收一收杂沓的心事；约上乡邻，打会儿牌，卸下一天的疲惫，体验“游戏人生”的凡尘俗乐，接受本心最原始的抚慰；一家人围坐在一起，大人教孩子玩起墙上投影的游戏，也回顾一下久违的童心趣味；约上发小，互相用手电筒追逐着玩耍，挥霍着光阴在黑暗里游离，心却亮了。

借着黑暗，生活得以有慢下来的理由，奔忙的内心生出了平稳的孤寂。

后来，生活条件好了，电力供应不再成问题，停电这事渐渐淡出我们的生活。生活节奏变快，夜晚灯火阑珊，分不清白天与黑夜的边界，各种家电把我们的生活填得满满当当，人与人之间的联系也更便捷，一切都变成我们曾经希望的理想状态。

有段时间内心烦躁，生活进入迷雾看不清方向，出去几天回家，碰巧停电了，有关停电的记忆，太过久远，之前停电的片段与心境全然丢失，只剩这一团黑。住在高楼，不想出去踱步，只能吞咽这无边夜色，满屋子的黑色，是个巨大黑洞，如坠深渊。

以前停电好像可以做很多事，现在突然停电却变得局促不安，不知道能做什么。

当静下心来，这样的黑暗开始带着切肤之痛的怜悯，让我脑海里再次慢慢浮现以前在乡村，那些停电瞬间的人生百态。

蓉儿家在我们村上最西边，跟其他农户隔了一片竹林，孤零零地立于锥角僻地，她家中贫困，父母长年吵架，物质精神均无望，母亲绝望出走，从此杳无音信，当时蓉儿刚会走路，父亲追悔莫及，早出晚归出去讨生活，誓要将这穷根斩断，让女儿不再受贫寒苦役。奶奶年事已高，只能做一些洗菜煮饭的活计。当停电的时候，蓉儿点着煤油灯，一大片竹林隐约映着那一间屋、一盏灯、一扇窗、一个人的夜境来，将热闹与喧嚣帮她隔离在心海之外。她就安静地坐着，人影伴着轻风，蘸着夜色，她认真地做起功课，有时候能看到她帮家里弄一点儿猪食，诚心所至，母亲几年后返回家中，一家人又团聚了。

停电时，当年的蓉儿一定对黑暗有过恐惧，但是内心力量生生不息，梦想就是一盏明灯。

东的奶奶在砖瓦厂不慎坠落，落下残疾，刚开始做康复训练时，家人马不停蹄地轮番照顾，奶奶人高马大，从不服软，一直坚持训练，从不懈怠，但又怕给家人添麻烦，自己抓着家里的柜子、床、椅子等，逮到就撑着走几步，有人去探望，她气定神闲地跟人聊着天，让人心中豁然。停电的时候，屋子里一下子聚拢很多人，大家心照不宣地约定一有时间就过来帮她，搀扶着她走几步。黑暗中看不清人的表情，任何痛苦表情在黑暗中不会被定格，此时她反倒唧唧哼哼起来，在黑暗里，她可以放大脸上扭曲疼痛的表情，黑夜反而是一种成全与释放，她不想白天表露太多心迹，给别人添加麻烦，停电的夜晚才是属于她的，她是黑夜中的勇士。

几个月再见她时，她已经能顺利拄着拐杖出来晒太阳了。

陈家弟弟贪玩，引个小的火柴点燃了整片麦秸堆，幸好麦秸堆离房屋比较远，火势迅速蔓延，在田里干活的农人飞奔过来，齐心将火势扑灭。家长开始自省，平时忙于工作，疏于对孩子的管理，最终铸成大错，从此停电后，大人不再出去乱转悠，更多时间陪伴在孩子身边，停电成了生活态度、亲情关系转变的分水岭。

不禁感叹：我之前因为停电而感知的小确幸，或认为停电只是生活不顺的小插曲，这些片面理解的背后，还有这一段段更多的深意，这些都是以前的我不曾领悟过的，正是因为现实生活中的诸多苦，才让我们对世事的感悟又添了一层。

于是豁然开朗，感谢生活赐予我的这一漫漫黑夜。

黑暗中，有很多白天生活的琐碎之事被思考，也有人生无常的内心纠结被窥视，那些静寂星空下，忙碌的影影绰绰，等待星火的淡然默坐，便是一小段自我修行的时光。

心中多了份坦然，拿起手机，跟好友闲聊起童年旧事，心情也随之明媚起来，那个黑夜，变得难以忘怀。

看得见来路，便寻得到光明。

芦苇

深邃天幕下，夜风浩荡，从芦板间透出一点点星辉，江南多雨，干透的芦叶边已经霉黑，但还是有生活敦厚温暖的味道。早上的晨露凝结在瓦片上，从芦叶间隐隐透出一点雾气，将屋内蒸腾得朦胧，阳光散进来，点点光影映射到地板上。屋顶上的芦苇就在这方寸之间的屋瓦上空，放浪形骸，将旧时清贫的生活撩拨得诗意盎然。

从幽然梦境中醒来，连嘴角都荡着笑意。

冬天的一切都是干燥的，父亲抱着从河边采摘的芦苇，在场院里一字排开，脆黄滚圆的枝干，将丰收的沉甸甸的喜悦，满满倾注到中空的管道中，有着大地同频的呼吸，发出吱吱唆唆的韵律。

“可以给房子换衣服咯。”父亲一脸喜悦，开始将芦苇编成片，用梯子爬上矮矮的屋顶，他一点点将瓦片挪开，将去年旧的芦板刨下来，旧芦苇中藏匿的灰尘呛人，新的芦苇一点点铺上后，开窗透气，屋内洒点儿水。

屋内变得焕然一新起来。

晚上睡觉的时候，人心里踏实，睡梦也香甜。

日子虽然清寒，如同这冬日的芦苇，有“此生飘荡何时定，一缕鸿毛天地中”的悲寥，但是当它们被用于厨房，铺设在农人的屋顶上时，又具备了重生的意义。那随着灶膛一起燃烧的芦草化作炊烟，连接着农人的生计，将农家的生活点缀得温情，芦板又将阳光储藏在它肚脏内，等到晚上，吐露这久存的温情。孩子做着铁马冰河的梦，大人将简简单单的爱情焐暖，让人感喟日子苦中有乐。

芦苇有芦苇的思考，人也有人的掂量，互相影响的他们，才具备了某种叫灵魂的东西。

法国思想家帕斯卡有一句名言：“人是一枝有思想的芦苇。”人的生命如芦苇一样脆弱，但是，人比宇宙万物间很多东西高贵，因为人有一颗能思想的灵魂。肉身生活的必要我们不该否认，内心世界的巨大差异，人才分出了高贵和平庸。

农人不懂这些深邃的道理，他们只想踏踏实实过日子，不管富足或贫寒，用自己最大的努力，将家什庄稼等生计还有子女的教育落到实处，淳朴善良是他们不经意流露出来的灵魂本色，无所谓高贵与平庸，他们觉得这些也有天时与地利的偶然。

除了冬天的芦苇，任何时候的芦苇都充满了生命力。

春天细雨连绵，浓稠的绿意将河岸边的芦苇连成雾蒙蒙一片，春风吹拂，荡起的阵阵水波，惊扰到休憩的鸭群。从岸边低洼地挖一些芦苇幼苗，用热水煮一大锅，再凉泡几分钟后，用辣椒小段、葱末、蒜末少许爆炒，入一点儿冬天做的腊肉，味道鲜美，是种庄稼以外农人生活的小奔头。

闲情之外的意外收获最感人，内心无所贪嗔，随性的释放，方是农家本色。

夏日端午前后，那些修长的芦苇叶子，被农妇们小心割落，结成捆的芦苇，有浓烈的香味，放一点儿糯米进去，加一点儿红豆点缀，或者放一些咸肉，饱满的粽子神气活现，哪家的媳妇手巧，这时一目了然。包好的粽子满满一大锅，再配一点儿鸡、鸭、鹅蛋，文火煮一晚上，一大早粽子的满屋香气将我们从梦境里击中，醒来后，欢呼雀跃地转着跑。

芦叶闻之香，食之涩，但是有了糯米的包裹，熊熊烈火与水的萃取，这隐藏的香味便被挖掘出来，味觉与生活的香甜都诠释在这白嫩的糯米粽中。

苦，也成富足。

寻常生活，因为种种爱意，变得苦中有乐。

入秋后，蒹葭苍苍，白露为霜。

毛苌《诗疏》云："苇之初生曰葭；未秀曰芦；长成曰苇。"苇即是挺拔的意思，芦表示颜色卢黑，葭是嘉美之意。

蒹葭者，芦苇也，本是飘零之物，风中摇曳，目之所及，苍凉遍野，满地残芳，伊人在这似花非花的芦丛中，望穿秋水，且听风吟。

芦苇将情思融于水色灵动间，得失之间，皆为大爱本色，让人动容。

于是深爱这乡村四季，芦苇将农村的生活串得有了底色，情感有了依附，生活有了根基。

远离家乡多年，如今，水岸边的芦苇越来越少，那些旮旯角落都长满芦苇植被的往昔，已成往事，内心盈满的生活，就像风中芦苇，在时间的尘埃里看不清方向。

我希望有一天，伫立于苍穹天地间，周边是一河滩的芦苇，那些奔跑在芦苇丛间嬉闹的孩童，笑问我从哪里来。

酱豆

梅雨时节前夕，奶奶开始做酱豆了，每年如此。

夏天收藏在瓷坛里的黄豆，用网筛在阳光下剔除一些有颜色的，或者残败的，精心筛选出颗粒饱满的，奶奶戴着老花镜，一点点地用手捧着，把它们轻轻撒到盘子里，一个个大珠小珠跌落到钢盆里，跳跃着，掷地有声。

快速用清水洗好，一般中午吃饭的时候开始浸泡，等吃完晚饭，出去溜一圈回来，浸泡后的黄豆如珍珠圆滑饱满，黄色的豆在月光下变得冷艳。奶奶便趁着夜晚还有点儿凉意，用灶火煮，大小火切换，一会儿添小火，一会儿添大火。夜色的燥热更浓稠了，奶奶不紧不慢地在灶旁摇着蒲扇，衣服贴紧后背，她不停扇着灶口，不让我们来帮她，怕我们控制不好火候。虽然每年都做，但每次都要重新认真对待，顺便看看有没有需要改进完善的地方，任何地方差一点儿，就不是那个味了。

煮好后，她笑眯眯地撑着灶台出来，抖了抖身上的小木屑，等豆子冷却，用手象征性地捏捏，语重心长地告诉我们："这个豆子啊，可不能煮得太烂，但是也不能夹生，就像这样效果最好。”她心满意足地捻了捻，放置在水池边，用篮子沥水。夏天的风吹过来，她时不时地探下身子，摇动那把蒲扇，过会儿来抓一把豆子，手上不黏，表示干得差不多。

奶奶把豆子均匀拌上面粉，她的手修长，伸出来像老树皮，她会多清洗几遍，才将手伸到那团粉末里，经她轻轻一搅和，圆豆如珍珠般，个个抖擞灵动。奶奶拿来一个竹匾，将它们摊铺在竹匾里，盖上印有万年青的被单，不厚不薄正合适，床单在竹匾底部垫一半，上面盖一半。

“不要打开看啊，记得，不然就不好了，它怕人的。”奶奶端起豆子，嘱咐我。

她说话的时候紧皱眉头，侧身抱起竹匾，像捧着什么绝世珍宝。

其实我偷偷动过好奇心，想知道里面究竟发生了什么，但最终，还是忍住了。

奶奶每次来看的时候，我也会赶紧凑上来看，只是一团脏兮兮的东西，没有任何特别之处，几次下来，兴趣全无，便不去凑这个热闹了。

她有时候轻轻走近，用手摸摸匾底，再点点头就走开了；有时候又迟疑地回过头，摸了又摸，没有其他多余动作，目光焦灼。

过几天，掀开了竹匾，黄豆变得面目可憎，就像路边顺手捡来的怪石一样丑陋，长满了青苔似的长毛，那团黄绿色的毛茸茸的狰狞的圆球，散发出一阵阵霉味袭入我的鼻腔，竹匾里的世界像废墟一样残败，让人触目惊心。

这怎么能吃呢，它的未来如何继续下去？在我看来，这件事终结了。

“啊呀，这个颜色真的好，是我想要的，这个方法果然好，这次比上次还要好呢，还真是没有白想！”奶奶的小碎步变得大步流星起来。

被隔壁的朱奶奶撞见了。

“哎呀，大妹子，我今年做的酱全部黑糊了！”隔壁的朱奶奶蹬着三轮车，看到奶奶端着竹匾笑着，一脸嫉妒地看着奶奶。

“那是温度太高了，豆子热死了，就容易发黑。”奶奶冲她喊了几句，车子已经走远了，对于朱奶奶来说，做酱豆就像上街卖菜，卖得好或者卖得不好，全凭当天的运气，不好就不好，还有来年！哪有时间慢慢琢磨，日子过得粗放一点儿好。

梅雨时节，雨总是来了走，走了来，无迹可寻。

太阳火辣辣的时候，奶奶临睡前看着天上的星星，月朗星稀的时候，她自然高兴，第二天一早就搬出她的竹匾，上面罩一层纱布，将那些宝贝疙瘩拿出来晾晒，阳光下它们明晃晃地示威着。可天气说变就变，刚刚大地照得地面反光，雨却突然下了，一点儿不含糊，奶奶一个箭步，小跑着抱起她的竹匾，匆忙往屋里走，撂下话：“你，快去收衣服！”她冲我大喊，边走边喘吁着。

霉豆只是淋了一点儿雨，奶奶刚才走得太急，口水还没有来得及咽下，慢慢在她喉咙里滑落。

这个动作就在梅雨季节反复上演，我提议可以帮她关注天气。

“你就知道玩，自己不宝贝的东西怎么会上心呢，你玩你的，我也没有什么事情。”奶奶轻描淡写，我心生窃喜，要是让我看着天气，我得一天到晚心提到嗓子眼。

几天后，我开始习惯那堆霉豆，奶奶烧好盐开水，凉透，把霉豆一点点抖落到水里，再放进坛子里，加盐放佐料进行腌制。她坐在竹凳上，开始跟我唠嗑，我有气无力地作答，心想夏天的燥热怎么还没有过去？

梅雨季，总算过去了。

一阵扑鼻的香气，奶奶用勺子舀了一点儿，笑眯眯地喊我过去，酱做好了。之前的霉豆全然不见了，透着酱香，表面油光发亮，中间的酱汁很顺滑，轻轻抿一口，味道在喉咙荡开，胃已经等不及要接收这股美味。

看来很多事，你需要等，就像这酱豆，只有经历这一层层蜕变，才能成为想要的样子，中间质疑难免，时间会证明一切。

“去，给朱奶奶送点儿去，给她尝尝鲜，梅雨时节的酱豆最烦，但是最好吃。”我还在拼命努力回忆它之前的样子，奶奶打断我的思绪，把酱豆装了一大盘，递给我。

回来的时候，我手里捧着朱奶奶现摘的大南瓜，推托不了，回来挨奶奶一顿臭骂，说我这点儿事也办不好，占人家这么大便宜，我也委屈。

晚上一碗白米粥。太阳下山后，凉风习习，一家人围坐在八仙桌旁，聊着天，品着豆酱的香味，吃着酱豆一颗颗，数着旧事一桩桩，就这样记住了夏天的模样。

鞋匠刘叔

夜深了，刘叔的屋子亮着微弱的灯，窗边传来瓮声瓮气的敲打声。

下雨时候，这敲打声时大时小，连绵更迭，冬天寒风呼啸，也能听得到细脆的声响断断续续，自不用说花好月圆夜，声音一气呵成，不绝于耳。

刘叔是个修鞋匠，只会在每年农忙时候，在家做点儿上门客生意，本村的只是象征性地收点儿钱。

我们很早就转学到镇上，刘叔在我们镇上一个菜场的旮旯角，摆了个摊位。

那时的鞋都会穿很久，修修补补，不随意丢弃，妈妈经常光顾他的摊位，照顾本村人生意，有时候让他帮忙捎带一些生活用品回家。

深陷在一堆名目众多的修鞋工具中，他就像龙卷风的暴风眼。

他总是戴着一副黑框老花镜，将要补的鞋套在鞋托机上，左手稳稳抓着鞋帮，右手有节奏地摇动转轮，让补鞋机上的粗针上下起伏，他在那些鞋的拐角的地方格外细致，走线圆润不拖沓。对于补鞋的人来说，恢复实用性是第一要素，要是补得更好看还牢固，那就是意外之喜了。

修鞋不难，用刘叔的话说，做事要善于总结，鞋子穿久了，出现的问题无非几大类：鞋底变薄、开胶、鞋跟损坏、鞋帮磨损、线头脱落等，大的方向搞清楚，剩下的就体现修鞋工艺的细微之处了，这是一场耐心与经验的日积月累。

刘叔说，任何事情都事出有因，方法总比问题多，修鞋也一样。开胶，直接打磨破损的地方，打磨的时候要细致，不能磨多余部分，擦出毛边后再上胶水，粘贴才会牢固；鞋底变薄，直接在鞋底钉上皮掌，干脆利落；修补，先拿出来端详一番，找出修补的点，胸中有丘壑后，麻利地从一堆皮子中挑出合适的，比对好，剪成弯月状，用针锥麻绳先补鞋底，再翻鞋面修补；至于绽线断掌，磨破鞋帮，他皆能修补圆满。不忙的时候立等可取，一双鞋子，来的时候千疮百孔，走的时候宛如新鞋，锥包头（鞋尖）坚固，后跟儿稳重，鞋帮衔接缜密，针眼整齐。

刘叔的生意一直很好，白天忙不过来的时候，晚上蹬着三轮带回家中，在灯下敲敲打打，第二天会准时交货。

但不管多忙，他从不会耽误自己吃饭。用他的话说，我修鞋谋生足够了，也够拉扯孩子读书，鞋子可以修补，身体坏了，就补不回来了。

每次有人过去修鞋，尽管他胸中有数，但是都会跟客户解说下他修补的方案，跟客户商量下。

“刘师傅，你自己看着办吧，鞋子都交给你了，你爱怎么弄就怎么弄，相信你！”

“没事的，鞋子也是你心头物，不然也不会拿来修，跟你说下好，其他可能出现的问题我可以提前帮你预防下，省得下次再跑！”

在刘叔的眼里，经手的鞋子都需要认真对待，他说：“来修鞋子的，还是懂得勤俭过日子的，做我们这行，少一事不如多一事，帮客人多长长眼。”

修起鞋来，他专心于手中鞋，开沟、布线、穿孔、接头等工序在他手中游刃有余，繁沓动作一气呵成，几分钟一双鞋大变样。

工欲善其事，必先利其器，他对那些修鞋工具如数家珍：小到锤子、锥子、钳子、剪刀、钉拐子、筒锥、线麻绳、散碎皮子犄角儿、鞋垫、鞋底子……大到用得油光发亮的老式补鞋机、缝纫机。

其中那台发亮的老式手摇修鞋机，棱棱角角处的油漆已经被磨掉，铁块裸露在外面，却没有生锈，发出锃亮的光。每天收摊的时候，小零件用彩布条遮住，唯独这个修鞋机，他总是小心翼翼地连同鞋一起搬到车上，其实留在镇上过夜也无人觊觎，毕竟这不是日常用品，也不贵重，再说镇上村民也都相识，蝇头小利不会沾分。

原来这个修鞋机是刘嫂在时就有了，是他们成家后购置的，当年还放了鞭炮祝贺。听闻，以前他们夫妻恩爱，如胶似漆，后来因为一场变故，生活拮据，刘嫂本身会唱戏的行当，开始从事农村红白喜事表演，或许是入戏太深，最后跟刘叔生分了，离家一去不回，另寻沧海。

修修补补一辈子的刘叔，唯独不愿去修补一段经不起诱惑的爱情。

一直的坚持与不再回头的决裂，都是因为爱。

偷

秋天到了，银杏开得正盛，黄叶满地，风一吹，暮霭沉沉的秋色凸显，杲杲日出后，葳蕤的树冠透出一点点闪烁的光圈，将飘落到地上的落叶映衬得发亮，一层又一层地叠加，形成深浅不一的黄，在高远天空下，成一幅静谧油画。

乡村的秋，变得更安静了，有了传统意义上秋的样子。

村中零零散散长了不少银杏树，但枝干都比较小，果熟后到集市上出售，能卖个好价钱，也不需要特别施肥。

最苍劲的当属留奶奶家那棵，长在河岸边，亭亭如盖，下了一场雨，河面飘零的叶片，像小船荡开，时有老叶落下，碧水蓝天中一池秋水煞是好看。

从栽种到大量结果需要二十年左右，每年采摘季，留奶奶家那棵硕果满枝，躺在厚厚的、黄澄澄的叶片间，圆润的果实憨态可掬，阳光照射下，颗颗皆秋色，叶叶迎落晖。

我们喜欢在银杏树下走，沙沙的踩踏声很轻柔，若不小心踩到腐烂的果子心里会咯噔一下。自然规律下有关飘零跟萧瑟的诗句，都是人们随心情起伏，因咏物拟人的需要而杜撰出来的，银杏不管这些，它只管追随落叶归根的法则，顺应秋的节气变化，蝴蝶一样翩然飞舞，落下的果叶渐渐埋于尘土。

人在树下走，好像经过一场时间的洗礼，银杏撑开的目之能及的天空是我们能接近的最远的秋了。

幼时的我们喜欢趁大人不在，用很长的竹竿去留奶奶树上打白果，兵分几路，专人放哨。将两根竹竿捆绑在一起，树顶部的银杏果，阳光光顾多，雨水惠泽，往往果实微黄，更饱满鲜美，撩拨得我们垂涎三尺。

整体扫一下，对准重点区，闭眼狂挥一通，才能不错过任何可能性，“呀呀呀呀呀……”念念有词，脚紧紧粘在地面上，屁股被扭着的腰带动着，第二天都会酸疼。黄叶簌簌而落，白果砸下，激起一个个小坑，陷入腐叶中透着光亮，一眼就能辨明是新果。

捡果实的伙伴一拥而上，肥大的外套边角掀起来，将果实重重掷到临时兜起的包里，而后四处张望，心不再平静，蹦着跳着，应着这纷纷落地的白果节拍。

采摘完毕，径直走到屋后用青瓦片和红砖块支起的简陋得只有一处侧面敞口的“小灶”，白果置于最上层薄瓦片上，用另外一块瓦片盖住，拿来干燥碎叶生火。屋后的小树林腾起了一股细长青烟，有经验的伙伴知道如何生火，不至于烟气太呛，烧了一会儿，瓦片已经染上一层黑灰，热量将白果烤熟了，条件受限，受热不均，烤出来的白果往往是一大半焦黑，但因为是自己辛苦得来的，乐趣多于享受，也就多了份宽容。剥开里面的果肉，冒着热气，软软的，香味弥散开，不浓烈，中间绿芯有苦味，得去掉，白果肉糯糯的。

在我们老家，大人经常告诫我们，小孩一天只能吃三个白果。《本草备要》记载：“白果甘苦而温，性涩而收。人不得见，性阴有小毒，食则收涩太过，令人壅气胪胀。食千枚者死。”大人冥冥之中知道无法控制我们，他们毕竟是过来人，怎会不知这其中乐趣，但平时忙于农事工作等生计，总怕有疏忽，所以提前严词相告，不至于我们不自控，食用过多，其实，小伙伴那么辛苦偷摘白果，也无非是体验这无畏多彩的野趣。

白果成熟的节令，也因此多了一份期待。

大自然遇到童心，任何事都沾染了色彩，味道也会变。

连偷也是。

留守

留奶奶有四个儿子，家中除了她，全是男丁，生在一堆男人中，长此以往，造就了留奶奶直来直去、雷厉风行的性格，就像她家的银杏树，有了王者之风。留奶奶立于树下的时候，枝繁叶茂的银杏像有了主心骨，银杏树在留奶奶旁边的时候，留奶奶有了深厚的依靠。

秋天无风时，村落中树木皆静，村庄的一切都在沉睡，唯独那棵白果树的一簇叶团在晃动，还很有节奏。她家果树品种多，她很能干，总是让果树土沃、根坚、枝肥、叶厚、果满，自然就少不了他人的惦念，在农田干活的留奶奶干活中不时朝家门瞅。那会儿村庄虽被密不透风的各种树木所掩，但是敏锐精干的她能立刻觉察到银杏树正遭受一场劫难，匆匆甩开手中的农具，边大声喊边提着裤脚管，一溜烟儿地往家冲，“毛孩子，兔崽子，看我不抓到你们！”直直撸起袖子，一双粗壮的手臂被太阳晒得不成样了，像从淤泥刨出而久置空气下变成焦黄的藕片。

我们放下竹竿就溜，竹竿还悬在树上，慢慢荡着，我们不敢走正路，从她家后院绕，平时走路都要踮脚避开鸡屎的我们已经顾不得多脏了，能走人的地方脚就直接踏上去了，鸡被我们惊得不停扑打着翅膀，乱奔乱窜。

轰轰烈烈的偷果计划落败，奔跑呐喊的她成了我们的童年假想敌。

但最后，留奶奶总会用篮子铺一层报纸，抓满了白果，给左邻右舍分一点儿。乡邻回去煮熟了，唠嗑的时候，抓两把白果你一点儿我一点儿地分，那些偷白果的孩子家自然也有份，用她的话说，孩子偷我果子的时候，我想到的都是果子，但是当我打果子的时候，又想到那些孩子了。

虽然结局是皆大欢喜，但是她还是我们心目中强大的对手，她六十多岁了，但是精神矍铄，总有干不完的气力。她年轻时辛苦抚养四个儿子，孩子们长大后外出打工了，老两口过着粗茶淡饭的生活，那些果树就是他们的孩子，不同季节，这些孩子变着花样，给老两口的生活增添不同色彩，门前总是变换着不同光景，看的人心里愉悦，走过的人徒生羡慕。

白果树，一直是留奶奶家的明星，时光白驹过隙，我们从垂髫孩童到了而立之年，留爷前几年去世了，留奶奶深居简出，那棵白果树每年都会结很多果实，一如既往地热闹。

留奶奶老了，四个儿子商量集体出钱给母亲造一座更好的房子安度晚年，但都在异地，工作太忙回不来，盖新房一切细节全凭留奶奶做主。

前段时间回家，正值深秋，村中树木因为修路砍伐了很多，白色水泥钢筋路面铺设满的乡村，树木竟然只是点缀了，幸好留奶奶家的银杏树还是老样子，让我些许宽慰。

我想顺手拍几张放手机里，留个念想，毕竟难得回家。

“奶奶，你们家白果树还是很漂亮，很茂盛，那么多叶子落下来，就你们家门口最好看了！”我在抬头的间隙，忍不住夸赞起来。

“哎呀，叶子太多，扫起来麻烦，我这里要起房子，挡在路上。要卖喽！”她从银杏根部开始，一直扫到树冠顶端的叶片，迟迟不把眼神收回。

我有点儿吃惊，毕竟这么多年了，她怎么舍得的，但想想对于农人，生活中哪有这么多秋风扫落叶的诗情画意，他们在乎的是实惠，我其实想听到从她口中说出银杏最终卖给一个好人家的回答。

“舍得，有什么舍不得的——叶子那么多。”她捋了下额前垂落的一缕白发，叹了两声，眼神幽幽地落在我脚上，低着头。

“我——能给你拍张照片吗？”我下意识地蹦出这么一句，我想留下点儿什么，我自己也说不出是什么，是为我自己，是为她，还是为它。

她因为吃惊，露出拘谨的笑容：“啊呀——我从没有用手机拍过照片，今天穿的衣服——不好看，你等我下。”

她把握在手中的扫帚重重垂靠在围墙的护栏上，手不知道抓在哪里，松开又捏紧，在衣角上拧来拧去，突然凑近了，去倚靠她那棵白果树，僵直的脖子努力避开衣领的摩挲，腿在树干旁微微抖颤。

我最终还是没有按下手机按键。

荸荠

谷雨过后，田垄间一片绿意盎然，明晃晃的水面浮一些水草，青蛙跳跃着惊扰这碧波。

父亲神秘兮兮地说："带你们去个地方。"

我们便挎着篮子，拎着铁锹，随父亲来到田垄间某个狭窄隐秘的水塘边。有一些蚊虫的翅膀浮动在水面上，夏天是不是要来了，一些虫卵开始在水中酝酿它们的生命。

父亲，平时很少下地，不知道从哪里弄来一堆绿秧。

弯腰、弓背、插秧，绿秧被蜻蜓点水一样点在洼地里，水塘的水将泥土润泽得刚刚好，爸爸将满是泥巴的裤管卷起来，高兴地说："找了好半天，这里以后是我们的秘密基地！"

那天他由着我们带着铁锹在田间挖一些野菜野草，在田垄间用碎木随意搭建的一个个一米来长的小木桥上走来走去，他则一心弄他的绿秧。

水塘一下子热闹起来，微风吹拂，绿色划过水面。

我们蹲着，看着远处的羊群被驱赶回家，月亮爬上来，静静浮在天空的另一边，但天空还是淡蓝色的，清晰地看到远处电线杆上的一只只麻雀。

以后一段时间，上学有了盼头，会特意绕道，去秘密基地，一段时间后，绿秧像一簇簇水草，藏匿在深凹水塘里。

父亲，喜欢抓一把炒熟的蚕豆、黄豆去田垄间散步，他的影子歪歪斜斜地朝田垄间奔跑去，夕阳西下，田地里的父亲，像一帧油画。

经过了立夏、芒种、立秋……田地繁盛过、热闹过、荒芜过，因为秘密基地，我们开始窥见田地中朝朝暮暮、节气轮回的各种秘密。

冬至后的某个阳光灿烂的午后，父亲带我们来到那片洼地，洼地水已经抽干，上面一层湿湿的黏土，叶子枯了，小葱一样的根茎匍匐在地面上，错落开的枝蔓厚厚一层，温暖着这暮色苍茫大地，父亲将手指浅浅探下去，慢慢从地里摸出了红褐色的、扁圆的、滑溜溜的小家伙，爸爸笑着说："这些随意的才是生活的点缀！"

父亲开始让我们跟他一起摸这些小精灵，泥土是温暖的，太阳晒过后，大地的温度尚存，手伸下去像是母亲温柔的抚慰，又像寒冬腊月捂在被窝里被毛巾包裹的盐水瓶，大地软软的，赤着脚，痒痒的，我们在泥里踩着，碰到硬硬的疙瘩，伸手下去把它摸上来。

来不及等到回家，在干净的田垄水渠里用手在水中划过，那泥巴褪了去，嫩的皮色黑中带红，像一种很特别的漆器，咬破紫红的皮，白色的鲜嫩果肉渗着淡淡甜味，甜味不多不少，刚刚好。

几个月，父亲的用心秘密被时间解开。

所谓的用心，只是生活日常，家人为我们准备的那一点点不一样。

从此，便爱上了这玲珑剔透的精灵，后来才知道它学名叫"荸荠"。

到现在我都吃不了煮熟的，生吃最好，感觉自己置身原野，郎朗清风吹过，连着大地的呼吸，日子是简单的、平实的。

明代吴宽作有咏荸荠诗句："累累满筐盛，上带葑门土。咀嚼味还佳，地栗何足数。"

而立之年，嚼出了更多的味道。

鞋

秋收后，妈妈将木箱橱柜里的过冬衣物拿出，烈日下暴晒后，樟脑丸的味道幽幽地从箱底发出。那些衣物经久不见，反而萌生出新意。

一段蕾丝布料、一沓旧粮票，一串蚊帐中的饰物，都能被我们杜撰出一段段故事。

在大人眼中，满脑子是生活的责任，眼下都是一个个要完成的实务；在孩子眼里，对应一团团生活未知的呈现，满是生活的乐趣。

妈妈将我们嫌小不穿的衣服拿出来，整理好单独堆放在一边，剪成大大小小的布块。

这个时候，我们都知晓：妈妈要准备给我们做鞋了。

妈妈总说，面朝黄土背朝天的，走路要图个舒坦，踩着舒服了，做事也会坦荡荡!

择一阳光好的日子，妈妈在场院搬来四角凳，整理好的破旧衣物被剪成大小不同形状，一些边角料被团成一簇，留着以后包扎化肥袋子，物尽其用。用妈妈的话说："细碎的东西最显生活，平时要留心备用。"

然后用热水调来稠稠的一碗面浆，微甜，我喜欢蘸取一点儿过过嘴瘾。妈妈将那些碎布一层层在桌子上黏合，用手来回反复抚平，最后在阳光下晒干，这个过程叫“打袼褙”，“袼褙”是用来做鞋底、鞋帮的。

妈妈轻唤我过去，摸摸我的头：“菊儿，让妈妈来量量你的脚！”小孩生长快，她用满是老茧的手托着我的脚，轻轻掂了掂，挠了挠我的脚心，开心地说：“孩子真是长得快！”我搂着妈妈的脖子，心中窃喜：“过几日又有新鞋穿了。”

妈妈剪了鞋样、鞋帮后，便让我们一边儿去玩了，她做事的时候，不喜欢被打扰。她随后从旧书扉页中夹杂的鞋样里挑选出父亲跟奶奶的，有一些有被蛀虫撕咬的痕迹，泛黄了。

妈妈在场院里消磨了一下午，她耐心地剪鞋样、打袼褙。累的时候，捶捶腰背，自从生下我没多久她就到田里干农活落下了病根，一直没有好。

等到入冬时分，妈妈就开始纳鞋底，做鞋面，缝鞋帮了。

冬日，屋子里煤炉上的火被烧得很旺，橘红色火芯一淡下去就添加煤球，屋子里一直保持着温暖湿润，一把铝制的生了水垢的茶壶装满水，嗞嗞嗞地响着，壶中放着家里刚刨出的鸡蛋，鸡蛋在茶壶里乱撞，给上夜班回来的父亲暖胃充饥，或者当我们明天上学的口粮。

妈妈就坐在我们旁边。竹筐篮里，堆满了针头线脑，散落着做好的鞋帮、钳子、锥子、木楦子等。

“菊儿，来帮我穿下线！”妈妈的眼睛因为在社办厂不分昼夜地持续劳作，长时间盯着电扇罩上的细小钢丝看，穿线的时候会生疼、眼窝濡湿，这个时候该我上场了。

“要耐下心来，做鞋子就是针线功夫，看不到的地方最显功力。一个针孔要穿进去四根线，做出来的鞋才扎实。”妈妈把针递给我，我望了望细细的针孔和手中分叉的线头，不知所措。

“不要多想，现在只需专注针孔与线。要是线头有毛边，直接用剪刀剪掉，干脆利落，一点点拖沓的线头的丝在旁边摩挲会导致无法将主线穿入针洞，懂得舍才能进；不要一根线进去了再穿另一根，这样后面的很难进孔，要两根线拧在一起，一股劲就过去了，先难后易比先易后难好；看到有点毛边的线头，先让毛边的抽丝进去，再整个用力一拉，会把整个线头都带进来，做事要一鼓作气，抓住机会就上，后面再慢慢完善，机会不等人！”

穿针引线方面妈妈有自己的一套哲学，我实验多次，才明白她说的那些含义。

妈妈将穿好的针线放在触手可及的地方，针粘上母亲头发深处的温度，到发缝里去“光一光”针，她将针对准锥子扎过的小孔，用戴在中指上的顶针用力一顶，再用钳子咬住针的根部，用力穿透厚厚的鞋底后，使劲拔出来，时间久了，右手磨出厚厚老茧。

老茧越厚，越熟练。

鞋底被密密麻麻的针线包裹，针孔均匀、密集、间距一致，看上去如满天星斗，精妙、稠密。

“纳鞋底就是基本功，鞋底做结实了，鞋子才耐穿，不要图表面功夫。”妈妈说。

那些组成鞋底的碎布，虽由各种布料混杂，但一层层摞起来，一点点缝合，看上去很结实。

鞋面妈妈会选好一点儿的布料，例如灯芯绒之类，她还喜欢在上面绣一点小动物，她总是说：“孩子的着装就是父母的脸面，干净清爽最重要，小女该爱美，绣点儿图案上去！”

而奶奶跟爸爸的鞋，没有任何图案，只用常见的几种冷色调，用妈妈的话说：“过日子，简单实在就好。”

“寒从脚上起！”妈妈遵循着这条俗语。冬天放学后，她总是用刚搓热的手捧着我的双手焐，同时会立刻递上事先在炉火旁烤过的棉布鞋给我换上，里面有厚厚的棉絮。

小时候体弱多病，总是出虚汗，脚上一直汗津津，妈妈晚上会把我出过汗的棉鞋，默默在炉火旁烘干，明天又是一双干燥暖热的鞋子。

冬天，也因此有了更多的暖意。

年少时，我还迷恋踢毽子，妈妈做的棉鞋是踢毽子的好帮手，鞋帮有弹性，保护脚面不受伤，轻便的鞋子适合追赶扑打，最终鞋后跟清一色被我踢歪，里面的棉花揉挤到一边。妈妈从来不说什么，只是默默张罗着再做点儿，她对爸爸说："她喜欢踢毽子，就让她踢好了，又不是什么坏事，多运动总归是好的，她身体像出壳的小鸡，动不动就生病。"

对于她而言，无非又是一轮围坐一起的炉火时光，我们落在墙上的长长投影，摇摇晃晃。

上高中后，身边穿布鞋的人越来越少，开始觉得与外界环境格格不入，青春期长得矮小，布鞋没有啥高度，样式又单一，下雨天容易被染湿，脑子里想到的都是布鞋的短板，开始抗拒穿布鞋。

我隐隐意识到：我开始有了自己的审美，进入了人生的另一个新阶段，有着青春叛逆以及年少轻狂的不羁。

长时间的奔波劳作，妈妈的眼睛看不清东西了，身体不像年轻时经得起熬夜，也没有那么多力道，自然做不了布鞋了。

上大学的那一年，她还是选了个日子，拿起了放置已久的篮筐，一点点地坚持着，帮我做了最后一双布鞋，也是速度最慢的一次，它应该是妈妈手工棉鞋的收官之作了。红黑格子的帮面，是用她在社办厂时领导褒奖的一块老式灯芯绒布匹做的，布匹一直被压在了箱底。她做好递给我："总算可以用上了，再好的皮鞋都没有这个暖和，你第一次离家这么远，我照顾不到了，备一双吧！"

大学里，我踟蹰妈妈的一片真情，同时也舍不得将那白面鞋底踏入满地灰尘的路面，我觉得，这不应该是它的归宿。

离开校园多年，经历人生、世事、人情的变迁，经常怀念那一针一线，一灯一宿几人的夜境。

那双鞋，被我暂时收藏起来，搬家数回，做个念想，出门在外的漂泊感好有个去处。

那年冬天，大雪纷飞，北风涴鬓，我在南方简陋的出租屋内整理着书稿，不停地哆嗦。

没有任何征兆，我穿起了那双棉鞋，温暖熟悉的感觉从脚底直沁心田，只身异乡陡然有了在苦日子里向前驱行的力量和勇气。

鞋，终究是用来走路的，这才是它的归属。

第六辑

麻雀

老家有种偏方，麻雀蒸梨治疗咳嗽。

把梨中间掏空，底部撒一层碎冰糖，麻雀放进去，整梨用文火蒸熟后，香味从木质锅盖板渗出。

我的房间朝南，一大早淡淡水汽将窗外的植物轮廓变得光亮洁净，几只麻雀在屋顶的青瓦片上，不知道是不是每天固定的那几只，它们跳着、叫着。我有很熟悉的感觉，等到雾气一点点散尽，它们就径自离开。它们每天早上都来，起床因此变成一件乐事，我视麻雀为心头肉，保守着这份起床的秘密。

也因此对麻雀治疗咳嗽有种敌意。

“不行，一定要吃！”妈妈紧锁眉头，温柔的一声喝：“吃了才能好，我可是托了后村的王麻子特意帮你去打的鸟，你要知道，这个鸟打多了，他脸上才会长麻子的！”

王麻子，活该长那么多麻子，我当年这么想。

我的局促不安，就在她的三言两语下，被损耗殆尽。

童年，有时候是没有能力跟大人抵抗的。

苍茫大地间自由徜徉的麻雀竟变成锅里蒸煮的美味，它们不应该是这样的命运。

幸好，王麻子后来下海经商了，各种偏方也都渐渐淡出我们的生活。

麻雀却一直在，它叽叽喳喳的热闹，驱散了很多童年孤独时刻，每次看到它们成群结队去觅食，在一望无垠的田野上，忽高忽低，忽近忽远，自由随性，从不消停。但麻雀终究还是飞不过把村庄农田包裹的高远天际，如同我们的祖辈，兜兜转转，终其一生的追寻，无非是门前的那片土地。

当麻雀在电线杆晃荡，密密麻麻，成群结队地稳稳落下，在广阔的湛蓝天空下，排成五线谱，此刻此景静谧如一幅油画。

或者冬天大雪过后，院落白雪皑皑，水井也被盖住了，草垛旁才会隐隐露出点点枯黄，院落是寂寞的。这时候麻雀出场了，光着两个小爪子，在地面上跳着觅食，蓬松的羽翼毛茸茸地舒展，深棕色的色彩落于白雪间，院落竟变得生机盎然了。

很多事情，在对比中才能凸显；很多事情，单独不成景，整体才具美感。

童年的我，一直远远看着它们，从未想过去试图拥有，后来上学看了鲁迅的《少年闰土》，我开始根据文中方法去捕鸟，总是徒劳无益，不知道是不是现在的麻雀变聪明了，不了了之。总之在我内心深处，一直有个情节：哪天，得以触碰一只小麻雀，去感受鲜活与自由被着落的感觉。

有次竟意外获得了跟麻雀近距离接触的机会，一个下过雨的黄昏，灰蒙蒙的天，院中水塘还没有干透，一只小麻雀不知何时何故跌落院内，只用一只脚拐着跳跃，满身灰褐色的羽毛，一会儿拍打着稠密羽翼，一会儿束紧羽毛，一会儿扭动着尾翼，却始终飞不出去，索性蹲在院落的水塘边，摆动着小脑袋，只是立定着。

我便向前，用手抓住了这只小麻雀。捧在手心，它身躯温软，在手掌心挠着，我不敢动弹我的手指，怕它受惊跳起来而跌落毙命，只想回家拿些秕谷，看看能不能简单包扎下，结果我手足无措。我虽然能随意捕获蚱蜢、蟑螂、织布娘娘等昆虫，但是这小麻雀，我却动起了恻隐之心，它们虽娇小，但散发出的体温有生命的沉甸感。

我捧着它，呆呆立在窗外，这时候，厨房的屋檐上，有一只大麻雀一直叽叽喳喳，朝着我这个方向婉转凄凉地鸣叫，声音不间断，我手中的小鸟也开始发出微弱声息，细如抽丝，与大麻雀保持断断续续的呼应，它在我手中微扭着身躯。我明白了，那是母雀，通过这哀怨的回应来表达依依不舍，同时给予小鸟一点儿勇气，鸟儿怕人，但母雀眼中只有小雀，看不到危险。我走近屋檐，母雀也不会一下飞走，只是在屋檐上跳着移动下位置，又重新立定在新位置上。

我只能放下小麻雀，跑开了。

母雀慢慢下来了，在小麻雀旁边，一会儿飞走，一会儿又折返回来，给小雀找寻食物，动作反反复复。

看得有些倦了，我起身离开，两个多小时后，等我出来时，小麻雀已经飞走了，场院空荡荡的。

以至于以后看到麻雀，我想到的都是这对母子雀，就像下了一场大雪，以往有关麻雀的所有童年记忆都被覆盖掉了。

福爷

福爷，真是个好名字。我不知道他的真名，

村上人都这么叫他，我也便叫他福爷。

我远远看着他们叫他，我只能远远地叫他。

他们因为敬畏，我因为害怕。

那时候的我，跟现在隔了千山万水。

——题记

门前的稻田两年前被人承包了，已成大片蟹塘，夏天的时候，明晃晃地空无一物，也没有风，亮堂堂的波光里生出无数个太阳，将水塘边裸露的土块灼烧得焦黄，这种单调的景色让人思维停滞，只想懒懒独自站在窗前，发着呆。

有个人，慢悠悠走来，背影高大，挺直了身板，一张一弛间，光影就这样盖住了我的视线，我定了定神，怎么是福爷？我便轻轻唤他。“宝宝，你回来啦。”福爷泛白的嘴唇，慢慢抖动着，他的牙齿已经掉落不少，嘴巴瘪了一块，说话还有点漏风，头上白发与强光融为一体，只看到光秃秃的头皮，泛着红光。

福爷也曾年轻过。

第一次对福爷有印象是村中一位大伯去世，福爷去操持后事。他麻利地拉上帘子，带了一帮兄弟给大伯换完衣服后，汗流浃背，光着膀子穿一件工字背心，跨着两脚，稳稳地立在门口，脖子涨红，青筋爆裂出来，眼睛红着，声音几乎是咆哮似的指挥人做事情：烧纸、布置灵堂、缝制麻衣、联系棺材店、准备油灯等各项事宜。旁边的家属哭得东倒西歪，被众人搀扶着，声嘶力竭。福爷朝他们瞟几眼，点了根烟，踏脚出了屋子，一个人到对岸的河坝上坐会儿，一会儿才缓缓进屋，全程黑着脸。

我被悲伤的情绪带动，跟这位大伯非亲非故，毫无任何生活的交集，也忍不住开始抹起了眼泪，那个大伯还是福爷的好兄弟，薄情的福爷从此在我眼里变成了一团黑烟。这烟，有跟死亡接触的气息，也有人情世故的冷漠，以后我看着他，远远便绕道，要是招呼他，好像我们之间的空气都可以建立某种联系，那团黑烟会侵蚀到空气，慢慢将我吞噬在黑暗里，所以连他走过的路我都会避让。

连同避让的，还有我对参加村中这些白事习俗的恐惧与抗拒，它们都是那团黑烟的一部分，是明朗生活下不应该有的沉重。

后来，这种白事场合福爷总是第一时间出现。那些人都是自然老去。福爷真是年轻气盛，一个人指挥整个场面，声音盖得住喇叭的哀乐，挥动下手臂能让众人纷纷响应，只要有他的出现，那些黑色的事件才得以往前推行。每次我都希望一切早早结束，村中恢复到以前的平静，天是天，云是云，草是草，庄稼是庄稼。

我把对死亡的认知全部投影到福爷身上，认定要是没有福爷在，村中那些老人的死亡便不会降临。他在了，那些死亡只是一个节日，我不需要卷入我的情绪，他做了我对生命认知的替罪羊。

他操办完那些白事后，立刻就神气活现地恢复生机，骑着一辆自行车，人高马大的他跨上去，摇得铃铛心烦意乱地响。他红光满面，天气热的时候赤着膊，皮肤结实黝黑，即便天气再冷，也是一件薄衣，胖乎乎的脸霸道得要把头顶上的毡帽弹出去。

我远远地看着他，同时默默希望他一直喜乐下去，这样的话，不管经历什么死亡事件，我的日子跟心境还是能回到以前，这样死亡便变得没有意义，遥远而陌生。

那年，刚过秋收，村中被一股浓密的哀恸声惊扰，外地来的小媳妇食物中毒去世了，生死之隔，不过是从河岸这边走到河岸那边的距离。

她静静地躺在那里，皮肤白皙，脸上饱满，睫毛浓密，风一吹过来，那些微动的睫毛与头发让人心存很大的希望，好像它们能把她带动起来，她会慢慢醒过来，但旁边撕裂般的哭喊却一点儿不能惊扰到她了，人又重重落回现实。

福爷这次没有咆哮，他轻轻地拍着丈夫雁的肩膀，搀扶他，抱着他抖动的肩膀很久，福爷眼圈跟着泛红，但还是没有哭，也没有说话。他还轻轻地走到来帮忙的村里人身边，走过去一个个交代事情，每个人都轻轻点点头，福爷一定知道那好姑娘平时柔声细语，听不惯粗声粗语，他小心地张罗着，村民小心地哭着，那个女孩静静地躺着。

那场事件后，死亡不再是黑影专属，它也可以是一段鲜活，一场意外，或者可以像落叶一样静美，生与死，也许只隔了一道门。

我远远看见福爷，开始喊他了。

上大学前，奶奶去世了，我奔跑出去找福爷，脚上被鞋子擦破了一大块皮流着血，都未曾察觉，内心的悲伤将任何其他类型的疼痛都缩小了。他到我家指挥奶奶的后事，按照既定程序，他一如既往地咆哮，把事情安排得井井有条，礼数上尽善尽美，村中人都夸赞后辈孝敬，奶奶走得也风光。

“成奶奶八十五岁了，儿孙满堂，老爷子在也疼她，是喜丧，节哀！”福爷说。

一切盖棺定论，奶奶的晚年无疑是幸福的，漫漫人生路，福爷让她完美谢幕了，落叶归根，人生的另外一种完美是无悔。

人生无常，在这两年后，父亲得急病意外去世。

我之前还一直停留在门缝里看父亲干活，心里想着就先让他这样苦着吧，等几年我们毕业后他就可以脱手了，但一切戛然而止了。

第一天内心不相信父亲已经走了这件事情，甚至产生幻觉，大脑没有了意识，停在一个空间不让自己往前走。

福爷过来了：“赶紧穿衣服，过来！”他开始咆哮，招呼着村中的几个青壮年，我们呆立在墙角。壮年人群外，我看不见父亲了，只有一个个晃动的背影，墨汁一样染开，染开。

“你父亲没有像样的新棉袄或者新外套吗，拿一件过来！”他的声音从手忙脚乱的人群中闪电一样击中我们的头皮。

“我能不能把我以前买给爸爸的羽绒衣给他穿上，陪陪他！”姐姐断断续续话不连贯，呜呜大哭着，那是她给父亲买的第一份礼物。

按照惯例，一般不穿旧衣服的，福爷肯定知道这个规矩，那时候的他有特权，可以决定这一切，因为那时我们被巨大的悲伤所侵蚀，靠别人在我们耳边提醒一项项事宜，时间才得以继续往前。

他的声音带着哭腔，在喉咙那边转了个弯：“女儿买的衣服拿来！”

福爷屋前屋后，白天黑夜地张罗着，那几天，我们因为这些仪式感的各种繁文缛节的旁敲侧击，内心才慢慢醒悟过来：父亲真的是不在了。

每一项循序渐进的步骤变成了一场场赤裸裸的提醒，让我们知道了葬礼与告别的意义。

因为几天没有好好休息，福爷的眼圈布满血丝，最后一天晚上，他陪我们一起守夜。

他点燃了一支烟，走到父亲面前，轻轻唤了唤父亲的名字：根儿，福叔是看着你长大的，没有想到白发人送黑发人，我会把你好好送走，你放心吧！

径直走到后院，一个人抽起了闷烟，黑影中，他的背微驼。

时间过得可真快，福爷也老了呢。

多年以后，那场葬礼的悲痛渐渐被时间所冲淡，但是福爷一步步帮助父亲走向人生归途的点点滴滴，陪伴我们一起面对生死的力量，即便以后的人生布满风雪，依然能找到慰藉与勇敢。

通过福爷这一次次主持的白事，我渐渐参悟一点生活的意义：人生有偶然也有必然，在有限的生命历程里，努力真诚地生活、去爱，不要总想着来日方长，死亡是生命的结束，也是一场场重生的思考。

最后一次见福爷在白事现场是他参加自己老伴的葬礼，那次，福爷的儿子主持这一切，礼数尽到，我们都说，福爷以后可以歇息了。

福爷一言不发，一直坐在老伴旁边，握着她的手，一会儿捋捋她的头发，一会儿摸着她的脸庞，一会儿轻轻说着话。

那一次，他哭得像个孩子。

月亮

月亮爬上了草垛，将光滑的麦秸照得一片通透，白天被阳光晒过还有余热，现在在月光下开始冷下来了，静悄悄的，只听得到旁边青白砖瓦间蟋蟀在依稀鸣叫。

一定是月光惊扰了它们的清梦，不然为何风一吹过来，树间斑驳的月影婆娑着，投射在地面上的清辉一会儿遮住那砖瓦，一会儿又隐匿在那墙角，惹得蟋蟀被这远近疏离的月光弄得恍惚迷离。

我继续走着，怕搅乱这清寒的梦境，月亮照在我手臂上，凉凉的，却又送给我一个影子，让我不孤独，不只相看两望，唯愿日日见欢，我想跟月亮共舞一场。月影徘徊在这碎草丛间，草尖被照得透亮，星星灵闪，舞得有些凌乱，风拂过我的头发，月光过来帮我梳理一把。

走得有点儿累了，索性躺在这草地上，枕着月光而眠。月光打散了空气中的尘埃，白白若烟霰，帮我披一件露衣，皓皓月光在我眼里变成满天星辉，散成天河，天地间，只有月光与我。

夜露渐多，我得起步离开，唯恐这幽冷的湿气入体。月光将草地旁的坑凹填满，为我踏一道坦途，让我循着这月光而去。

良辰孤往，暂伴月将影，行乐须及春，心中竟得一片皎洁。月儿变着戏法与我嬉闹，我经过田垄间的菜畦，它将田地分割出阡陌小道，又借予清辉，引出一道道沟渠，田间顿然有了生机，垄间月光如昼，虫鸣唧唧唆唆，索性敞开嗓子，姑且享受这偷来的幸福。我被这熙熙攘攘的热闹所染，便疾步向前，月亮被我甩在身后，留得一团寂寥白盘悬于天际，渐渐冷寂下来，被一抹青云簇着，似黑着脸生气。田间又一次安静下来了，天黑黢黢的，待看我与月亮归途将往何处，我伸手不见五指，想着：这真是个调皮记仇的小孩，有着自然率真的秉性！

它似探听得我言语，渐渐露出半边脸，我经过树林，树干被它照得亮堂堂，树影重重叠叠，它便追随我的目光，将这罅隙的辉光打散，生出无数眼睛，给我多份凝望；若是稀拉叶林，它便袖手而观，只分一点洁白，剩余的大段流光留给之后的漫长黑影，以保证将我的每步都能照亮。

我远远地感谢，它远远地观望，我走，它也走，我停，它也停，我们之间，隔着万水千山。

那么遥远，我叹。

不知不觉，它引我遁入滟滟波光湖边，如烟浩渺水汽笼着这水面，月色将这寒雾渲染如一帧水墨，湖面安静如镜时，月亮便走到水底，端着玉盘，与我临水相望，那么近，我喜；湖面的水草被这白白的月光照得满当当，水草中慵懒的鱼的静谧梦境被撑破，于是四处窜逃，玉盘被捣破，终究是水中月，我感；只留得流光飞舞片片离散，动成了一缕清风，绕得三分月色，挂在树梢，那鸟围着这月色寂寥，竟多得七分夜色。

于是开始释然，月亮它一直都在，它知道我嫌它远天之外，便送我个近水之台。

正贪享这诗意馈赠，月亮又偷偷借了我一双明朗眼睛，看到更多近处人间灯火：孩童嘟着小嘴，手臂荡开，在父母的臂膀中沉沉睡去；安静的村庄听得到绣花针落地的声音，狗顶着油亮的毛发蜷缩在黑夜的暗角，随时伺机而动；鸡鸭在月光下梳理着自己的羽翼，满地光圈；庭院里的树叶乘着月色簌簌而下，它将这飘逝的交替匿于月光，等到拂晓，乡邻只见缤纷，不见凋敝；夜行的路人裹着月色，将这生活的生机化作荡开在眉宇间的星光；村人借着月光，一遍遍地踏出屋子，青石板路面间进进出出，等着家人归来背影的焦灼目光，被月光拾起，落一片安心。

在这柔情的月光中，我也开始想回家了。趁着月色还浓，踮着脚，一步步往前，不觉已到家门口，院落里静悄悄的，我打开了房门，再轻轻关上，月亮这才走开。

现在，城市高楼林立的角角落落里，尘埃四起，灯光弥散，夜深光亮如昼，无法酣眠，我们得去寻找月亮，才得以明辨。

我现在回不了故乡了，我得找寻到那月亮。

初恋

要盖新房子了，我们临时搬进伯父的老屋里。

青白色的瓦房，落于槐树密匝匝的庭院内，灰蒙蒙的外墙生满青苔。

春天，外墙着一片青雾蒙蒙；夏天，青苔因为连续的雨季，夹杂着泥土的芳香，引来家禽休养生息；秋天，篱笆围墙外，余晖绕着走；冬天，院中枯树枝，在墙体的投影娇小可爱。

一天天的光景，似乎都跟墙角光影的更迭有关。

那一天，她突然出现在我生命里。

隔着外墙的篱笆，槐树叶张牙舞爪舒展开，刚下过雨的天气，一切那么清新。

“哈哈，原来你就是小菊啊！”

突然有个巨人出现在我眼前，她穿着碎花开衫，一条粉红喇叭裤，风一吹，裤腿里灌满风成灯笼状，她揽住我的腰一把抱过头顶，在我脸上狠狠亲了一口。

随后她哈哈大笑，突然放下我，捏捏我的脸蛋，一阵烟似的溜走了。

留下茫然若失的我呆立篱笆外。

父亲从厨房出来，听到我的呼喊以为发生了什么事情。

“哦，是安宁，不要怕，她不会害人的！”父亲说。

离上学还有一段时间，从那开始，我经常远远听到她哼着小曲子，声音从很远的地方飘过来，那声音沙哑，好像喉咙里有一块生锈的磁铁，我立刻高度警戒，害怕她热情过度，对于陌生人，我总觉得过于热情等同于不怀好意。

她就这样从门前走过，今天带给我泥制的小鸟口哨，明天带给我可以串起来的粉色塑料珠，珠子切割不光滑，表面总有凸起的部分，改天又带个红绸子，她总是变戏法地给我不同的玩具。

她手中变换的不同物件勾起了我对外面世界的幻想，篱笆外有斑斓的世界。

她依然喜欢抱我，远远地大喊我，挂在厨房横梁上的菜篮震得快掉下来。

我开始注意厨房的边边角角了，厨房在正屋的转角左侧，两个大的土灶旁堆满了柴火，土灶三米外的横梁上挂满了一年四季备用的不同食物：腌制的咸鱼咸肉、晒干的青草叶子、发酵的酱豆、烘干的地瓜、各类干货，生活的体验变得丰富起来。

我开始推开篱笆，去外面走走。

在固定的时间，我总能碰到她，她远远做出拥抱状，空气好像一下子被压缩了，随时可以触碰到我一样。

次数多了，大家都知道她特别喜欢我。

“以后叫你小安宁了，哈哈哈哈！”

村上的人看到我，总喜欢跟我开玩笑。

在他们眼神里，我嗅到了某种不怀好意的味道，这来源于孩子最原始、最敏感的直觉。

从大人的闲谈中了解到，安宁看到谁都想打招呼，在农村，姑娘家都是怕生的，看到生人羞红一张脸是常态，而她，却大方地跟村上所有人有说有笑地自来熟，他们普遍觉得她过于开放的性格有疯疯癫癫的嫌疑。

到隔壁的章奶奶家去玩，正值端午，她包了满满一大盆粽子，比很多年轻的小媳妇都厉害。

“是安宁帮忙包的，她真是手快，一会儿一个，一会儿一个，呵呵，做事还好！”

在路上走着，方叔扬起脑袋，夜色将他脸部轮廓修饰得无比秀气。

“安宁的力气真大，我刚路上碰到她了，米袋子在车架上掉下来，绳子太滑，硬是她帮我扛着走了一段。”

夜空中，驮米抽走了方叔大部分力气，让平时脾气暴躁的方叔变得和颜悦色，他大口喘着气。

“上午我不是在家切猪饼吗，安宁就跑过来跟我说一堆话，我看她也没有说错什么话，看来刚才她还是很清醒的！”林奶端着饭碗，跟旁边的几个大妈闲聊起来，大家漫不经心地嗑着瓜子，人群中发出了一阵阵嘘声。

“刚才没有人在家，正好我要去后院翻一下地，她过来帮我抱孩子，她总是那么有空，随时都有时间，这姑娘……”王婶抱着孩子在喂奶，被孩子出其不意地恶狠狠吸了两口奶水，发出“呀”的一声尖叫，定定神后，笑着拍打着孩子，跟旁边做农活闲聊下来的文妈挑了下眉，孩子安静下来了。

……

她出现在他们茶余饭饱的闲谈里。

后来，每次她跟我打招呼，我都会扭转身子四处望，怯怯地，内心局促不安，我怕引来一阵阵嘲笑。

开始刻意回避她。

后来我上学了。

她也不像先前，总是给我买礼物，她走路也不再大摇大摆，她开始骑起自行车，她身材高大，坐在自行车上把人衬托得刚刚好。

她是邻村的。

我有时候站在篱笆外，看着她骑车的身影渐渐消失在远方的拐角处，一簇簇茂盛的树林，把她的身影吸了去，只留下一轮摇摇欲坠的落日在蓝白肚皮的天际，隐没，沉落。

她就一直在那条路上，骑着车，村里人有需要帮忙的时候，她还是会立刻从车上下来，乐呵呵地搭把手。

大家也都习惯了，平时乡里人闲聊，会冷不丁地无意识说出："那你找安宁帮忙！"

"女孩子不要疯疯癫癫的，不能像安宁一样，女孩要有女孩的样子。"有时候听到大人训斥小女孩的声音，从铁框架的老式窗户里传来。

庆幸的是，很少有人叫我小安宁了。

我害怕这个称呼，好像它带了传染的特质。

我喜欢随从，喜欢雷同，那是安全的。

我宁愿躲在篱笆内，看着四角高墙的天空，看青色砖瓦如何将岁时之感收留，安安静静地享受现世安稳的况味。

后来家里房子起好了，不在伯父家里了，新院子很大，一大片水泥地将马路与房子隔了远远一段，那是我新的活动区域。

我偶然会在脑海里倏忽冒出安宁的名字，她笑得没心没肺的一张脸映在云朵里，变幻着形状，抽出无数个意向出来，让我有说不出来的畅快。

后来，我搬离了乡间小学，转学到镇上学校，一个周末的清晨，我去二伯家。

堂哥上大学了。

奶奶把羊吃的杂草撒进羊圈，又添了点水，看到我来了，急急忙忙走到我面前，笑着问我学校发生了哪些趣事。我跟她说刚刚入学，有点不习惯，慢慢会好。

她拍拍我的肩膀，让我放松点儿，她用手捂着嘴巴，笑眯眯地告诉我："我刚才看到安宁了！"

"她，很久没有看到她了，就是我小时候一直喜欢抱我的那个姐姐！"

"这个姑娘真是怪吓人的，什么也不说，就直接过来帮我把茭白给削好了，问了你哥哥不在家后，还把地扫了，什么也不说就走啦！"

"哥哥？她跟哥哥什么关系？"

"她以前抱你的那会儿，他们是同学，好多年了。估计对你哥哥印象好。"

"印象好"是奶奶能说出来的最隐晦的关于情窦初开的词汇了。

难道她第一次那么抱我……因为认识堂哥，一下子才能喊出我名字？

那次我没有见到她，只看着羊圈里的羊踏着夕阳的余晖一只只回家。

那也是我最后一次听人主动说起她，看得出来，奶奶喜欢她。

她的名字如转瞬即逝的烟火，一下子燃起来又冷下去。

后来近乎遗忘。

多年在外，家里的农田变成了蟹塘，目之所及都是波光粼粼一片，这么多年，乡村的一切都变得现代化，水泥路四通八达，天气一暗下来，路旁灯杆的微光就一字排开，映照得地面发亮，在幽幽的拐角处，只有那片竹林依旧在。

我突然想到安宁来。

"妈，你知道安宁吗？"

"知道啊，她嫁了个好人家，竟有这样的好运气，都是命运，也不知道怎么搞的，后来突然就不疯疯癫癫了，变了一个人，傻人有傻福！"

我暗自窃喜，我一点儿也不奇怪她会有这种好运气。

童年，也终于有了个完美的句号。

社办厂

进社办厂是件幸福的事情。

挥开锄头，农人开始涉足农耕以外的生活方式，进厂子上班。镇上的社办厂一个接一个涌现，有机械厂、电扇厂、锁厂、电子元件厂等，镇上热闹起来了。

方圆几公里一早来上班的人，汇成一股麻绳，路上熙攘脚步声、人声把马路两边的柏树挤得更密了，到厂大门人群突然聚拢，再散开去，大家三五成群结伴而行，你跟我打招呼，我招呼下你，招呼声此起彼伏，人一来二去也就熟识了，大步流星走到了不同车间，走到各自工位上，迅速穿上工服，开始等着点名。

点名是有趣的，“到！”这一声应答，有的慵懒，有的沉闷，有的带着惺忪的睡意强打着精神，有的高亢，有的刺耳得像在玻璃上用铁片划着，有的急促地三连答，有的低迷，有的发出嗔痴怪叫。在声音里，你可以去揣想不同的人的性格，人群中经常发出哄笑，各种名字在空气中弹来弹去……轻松快乐的气氛不够安放，只能通过这千奇百怪的喊叫，从体内流淌出来。

妈妈在电风扇厂，十二小时工作制，中午十二点到晚上十二点，或者是晚上十二点到中午十二点，每周一轮，长年累月如此，下班后还要赶着回去干农活。那个年代，人好像能把身体的能量用到极限，我曾经问过她坚持下来的秘诀，她说不知道，从来没有想过这个问题，也就坚持下来了。那个时代的人很多都这样，实干才是唯一的出路。

在社办厂不同的车间有不同的分工，但是可以串岗，东家有事，西家换班顶替上来，大家共渡难关，庄稼可不等人，但是也要确保工厂流程进展和产量。农田和工厂像滑轮两端的线，维持着农人生活的平衡，让他们的物质和精神并进，生活一步步有了保障。

点名结束后，车间的机器开始运转了，各种声音不绝于耳，回音很大，在厂里待久了，大脑和耳朵的板块会在潜意识里对那些“哐唧哐唧”声进行分区，静心细听，能分辨出分别是什么样的机器在转……近的是这个，远的是那个，旁边的是另外一个，中间夹杂着敲敲打打。在这样繁杂无章的声音里，感觉人的任何想法都是安全的，巨大的声音包裹的磁场足以将外界纷纷扰扰的心事击裂，被慢慢磨蚀，最终消失得无影无踪。

大部分工种是固定的工序，没有什么科技含量，只需要反复做同样的动作。可以偶然开个小差，有人哼起了最近流行的曲子，肉麻的歌词可以大声唱出来，不需要刻意跳过去，反正不会被听清，那就尽情地放开去，哪怕五音不全，哪怕尖锐明亮，哪怕矫揉造作，这一刻，只要你是自己就可以。车间的墙上印满了影影绰绰的锈斑，粗大钢丝吊挂的工棚灯闪着，电扇晃动着，它们结满了硬硬的污垢，工棚灯发出的黄光将车间填得满满的，白色的日光灯反射到机器上的光亮让你分清楚自己和机器的边界，心又冷静下来。

我喜欢待在黄色灯光笼罩的车间内，一切都是暖暖的，还闻到忽浓忽淡的铁铜味。

一个螺帽、一个焊口、一片叶扇、一捆钢丝、一个圆盘，一切在工人的手中被一点点改变、打磨、重组，从这个车间走到那个车间，轰隆隆的机器声吞没了挂在墙上的时钟嘀嗒声，挂钟只是装饰而已，时间变得有挫败感，好像时间只是因为这些机器的卖力转动才往前一点点推进，机器在人心中沉甸甸的更有分量。在这里，你看到简单琐碎的小事物不经意间变成一个个精致的成品，脚踏实地原来是有形状的。比起在田里种地，这里的一切需要很多人共同的默契来成全，这种默契是说不清道不明的，它一直不曾停歇，流转在厂房里的每个角落。

也有无聊的时候，工作不是很忙时，大家聊着家长里短、婆媳关系、庄稼子女等话题，有时候同样几天聊的是同样的事情，或者同样的事情隔段时间再拿出来老生常谈，换了个时间而已，根本看不出区别。在旁边的孩子听得开始打哈欠，孩子们想听到的只是糖果什么时候去买，等一天时间也愿意，只要最后去买了就满足了，不然凭什么让他们一整天坐在这里就看着大人聊天？

大人聊得起劲儿的时候会用袖口兜起别人的耳朵说起悄悄话，也喜欢用手捂着脸，不想让自己笑得太夸张，有时候正在聊的话题能随时被收回而不露痕迹，眼神可以立刻回到之前认真凝视的状态，嘴巴好像从来就没有张开过，一切都没有发生过一样。领导突然过来了，这时候的大人就像小孩子，他们也有怕的事情，这种怕，不是骨子里的不寒而栗，只是一种因敬畏，心中有做事信奉的底线而变得小心翼翼的状态，他们突然闭嘴巴的样子，无疑是可爱的，此刻他们变成了孩子的同类。

也有很温情的时候，到了发早点时间，推车推了一车车面包过来，推着面包的小车像是在一片深冬暮绿色的原始森林中踱步，面包的味道幽幽弥散开，飘向不同的角落，跟金属的味道在空中糅杂，然后脱颖而出。每个人的脸上都带着放松的惬意表情，面包唤醒了他们内心深处的悠闲和踏实，在这样一个忙如蝼蚁、一直奔劳的空间里，有一个去处暂时喘息，歇息好后再慢慢上路。

但是面包分发完毕，会看到很多机器的把手上、保管室的椅背上、车间的墙边洋钉上，挂着装有面包的白色塑料袋，像森林中长出了一朵朵白色的蘑菇，下班后面包被揣进工服、缠在自行车的车架上、怀抱在手中，被带回去给家中的孩子或者老人吃。

那时的面包，丝丝缕缕，像棉花一样软，撕开后，断不开的丝在空气中能拖出去很远，空气中也因此被浸染了一点甜意。妈妈在电风扇厂几年，我们就吃了几年的面包，家里没孩子和老人的工友会把自己的一份分给妈妈。

除了每天领面包，每月还可以领到洗衣粉等劳保用品，过年还发一些年货，无非是油、咸鱼、咸肉、对联、糖果这些，都是本身过年也需要买的一类，很务实。

卡车装载了满满一车福利品过来，用蛇皮袋套着，车间的气氛一下子活跃起来，众人一拥而上。平时不说话的张三李四，也交头接耳地窃窃私语，似已熟识很久。

也有孤独的时候，很多小孩子随父母一起上班，那时不去担心声音和金属的辐射等诸多问题，我们困了就卧在保管室的椅子上睡去，在拼拼凑凑的两三张凳子上躺下，可以消磨半天时间。保管室堆满写满物料的本子，不方便小孩子在，我们迷迷糊糊中会被抱去员工宿舍休息，醒来身边都是不认识的大人，这时工友会说："孩子醒了，赶紧去找大人。"被好几个陌生面孔盯着看，陌生感显得有点麻木，暂时找不到东西吸附，趁孤独感还没有弥漫到全身的时候，不哭出来的勇敢在我们身体里藏裹着。

但是不管是何种情绪，能很快被抚慰。

哪怕雷电交加，哪怕倾雨如注，哪怕狂风肆虐，这些平时在乡村躲在家里不敢出去的天气，只要在厂里，一切的恐惧都会被分散掉，只有沉甸甸的踏实感。我踏着步子在车间里跳着、跑着、闹着，旁边是我认识的、不认识的人。

当年，有很多像我一样，学龄前在厂里长大的孩童。

车间内外，这群鲜活跳跃的小小孩童，总能引起更多关注，时间久了，大家都熟识起来。有的从小孩的样貌猜测着这是谁家孩童，总能一猜一个准；有的蹲下来耐着性子跟我们说话、打招呼；平时在职工大会上龇牙咧嘴、唾液横飞、总是破口大骂的领导也变成了一只只温顺的绵羊，视察的时候在车间外看到我们便跟我们说话，有时候也会讲故事逗我们玩，讲完故事立刻绷着脸进了车间，换了一个人似的；有时候，大人在我们手里塞点糖果就突然跑开了，家长问谁给的，我们一脸迷惑，抓耳挠腮脸红半天。当时有一种错觉：厂子是个大家庭，孩子是大家的，人也都是家里的人。

多少年过去了，生命中经历的诸多恶意，只要想起那时社办厂里的微光，都能慢慢淡去。那些灯下穿梭不断的人们，他们明朗的笑和蛰伏的爱意都能在我黯然的时候让生活澄明起来。

那片灰黑色机械林立的森林，暗藏无数柳暗花明的生活拐角。

小店

第一次踏进那个小店，刚下完一场雪，黑色的雨鞋里像有针刺着脚趾，一些抖落的雪花抓住鞋面，我懒得用手去推开，冷的感觉加湿的感觉，让鞋和脚都互相有意见。

我从竹栅栏围成的外墙看到了货架的轮廓，那个栏杆上挂着写有“小店”两字的木板常年风吹雨打，有了斑驳的印记，但是还是能辨清朱红色歪扭的字体，我内心无比坚定：就是这里。

我要打点儿豆油，我提着妈妈给我的塑料桶，手里攥着她给我写的一张纸条，那是她顺手从日历的边角上撕下来的，写着：一瓶酱油，一包盐，盐炒的去皮花生，一包卫生纸，一盒针线……她在家里排查了半天，凳子、椅子都移开来寻，才把家里少的东西罗列清楚。

“进来，快进来，外面冷着呢！”一个圆脸的女人迎出来，左右两脸颊上的雀斑颗颗分明，均匀分布在颧骨边，密布如筛眼，头发稀疏到头顶，扎着小小的马尾，头整体像小写的字母 a。她不停拨弄着鼻子，好像脸上的东西随时会跑出去似的，一会儿皱着眉，一会儿撇着嘴。

她热乎乎的手将我拉进来：“豆油有的啊，你是哪家的姑娘？”

“我是 × 村的，东边第 × 家，我爸爸是车工！”我努力把脑子里能想到的信息全部碰撞到一起，对她的热情，生怕遗漏了一点儿回应，显得不礼貌。

她快速掀开打油机的盖板，将我的塑料桶放在机器边上，在机器上用手指轻轻按压，通过漏斗慢慢将油引入桶内。油很稠，挂满了漏斗壁，我已经不在意油是否干净，因为那些流动缓慢的黄色液体似在我心里剐了一道道口子，慢慢地磨着，磨着，转移了我所有注意力。

“好了！”她用中指在瓶口蘸了蘸，然后拉长舌头，卷进自己的嘴巴里，如青蛙把蚊虫吞进肚里般迅速。

我这才开始留意到她顺手放在柜台上的漏斗，柜台玻璃上有点点灰尘，漏斗的嘴有点儿发黑，生了浅浅的一层垢，她的嘴巴还在回味着豆油的醇香味，眼睛斜视着。

“这个油蛮好的，新鲜着呢，不发霉也没有坏，我尝过了！”她像个胜利者，扬着我的油桶，直接递给我，放在我手里：“一共是五块钱！”

我觉得她有点儿邋遢，我用手握住油桶的口径处，试图把悬浮在瓶口的有关她的气息抹掉，我紧紧捏着瓶盖，感觉桶要掉了，我的手开始酸胀，下面是泥地。

她急急忙忙从货架上扯了个塑料袋，接住了我的油桶：“待会出去难拎，这样你可以把手藏在衣袖里了！”

我腾出手，这才注意到货架上第三层是酱、醋、茶、酒之类，第二层是洗发水、肥皂之类，最底下是卫生纸之类，还有几卷针线包蜷缩在角落里，无其他东西了。我心里有点儿失望，这个店完全按照大人的想法去开的，品种也单一，哪有小孩子的事。

我把妈妈给我的纸条递给她，她把东西一点点拿给我。那些瓶罐上生了一层薄薄的灰，她顺手拎起柜台上的抹布帮我擦拭干净，瓶罐的玻璃一下子透明了，这上面的灰尘和马路上的或者家里橱柜上的灰尘不一样，它们的出现好像是为了保护那些商品一样，擦掉后反倒让东西更新亮。

我开始留意到屋子里淡淡的皂香味，是货架上一堆被纸包着的肥皂所散发出来的，弥漫在整个屋子里。

一盏泛着黄光的手拉灯，将冰寒冬雪溜进来的冷气慢慢吸收掉，打到玻璃柜台上，玻璃台冷得像冰窖一样。

外面真冷，我缩着脖子，咬紧了牙齿，脚指头开始触碰鞋子尖端，暗自发力，真想一下子飞出去，指望蛮力能产生点热量。

"你等等！"她直接从一堆要卖的拖把里抽出一把最白净的，说道："你鞋面上都是水，用布在上面吸一些，里面湿了不舒服！"

我感激地接过她的拖把，踩在上面用力扭转着鞋面，她顺口跟我聊起来："我们定期去进货，你要是有什么想买的，或者你们家里那边有谁要什么东西，提前跟我说，我下次一起进货。"

我点点头，走出小店。

后面几天，雪停了，村庄的路变得干净了，再去时，货架上渐渐增添了很多小物件。一些小的五金用品、梅花起子、尼龙带、磨砂片等都有了，还有一些平时用得不多的小物件，小店的商品总算囊括了生活中的大部分需求。

过了几天，一些干货，诸如发酵粉、脆饼、炸薯片（油炸后会发泡，变成膨胀的）等，也都有了，还有一些简单的文具，小店串起家庭日常生活的琐碎、朴实，成全礼尚往来的温情互赠，提供小孩上学教育的种种便捷。

后来又有了锡箔、黄纸这些，用塑料袋包了一层又一层束之高阁，蒙上了厚厚的灰，遇到村中老人去世，买者行色匆匆，店家从那一堆塑料袋中迅速抽出，遇到清明节或中元节等，用竹编的板凳摊开，在烈日下暴晒，明晃晃的。

小店渐渐丰富起来，那些在村中没事喜欢搬凳子晒太阳的老妇人，去店里买一些脆饼，互相串门的时候，从一些老式铁罐里拿出来，掰裂开，相互分一点儿，一边说笑着，一边啃着脆饼，谈着远不过三代，近到一日三餐的琐事。

棒棒糖是孩子们所热衷的，在柜台最显眼的边角，摆列着不同口味的棒棒糖。我喜欢她家巧克力味道的，一毛钱一个，每次都买满一大袋，奶奶私自给我一点儿零花钱，她自己在干活的时候，也会吃上一口。我觉得这时候的她跟我一样，在转着圈的甜蜜圆形世界中去感受生活。

雨伞和雨具也渐渐都有了，倒挂在出门的位置，在农村出门没有伞的感觉，跟找不到回家的路的感觉一样。

蜡烛、磨砂纸、煤油灯芯、针线盒这些零散琐碎的小物件，被她从柜台的一个大的抽屉里取出，发出咯咯吱吱声，似要把略显单薄的货架摇下来。

后来店里也有了女孩扎头发的红绳，吸饮料的五颜六色的长吸管，外面流行什么，小店也不逊色。

我开始幻想，哪些是小店没有的，它把我能想到的世界都排列在那三排货架上。

我也知道，那个胖女孩走了很远的路，一次又一次。

小店开了一年，基本上平时要的东西都备齐了。那个胖女子有个小本子，密密麻麻写满了远近村庄乡邻需要的物品。她写字很费力，歪歪扭扭地用力按在柜台上，一页页写过去。本子的边角已经磨掉了，铅笔的字迹模糊不清，不会写的字，她会眼珠往上使劲翻转，迟钝地用铅笔在纸上慢慢画出只有她才懂的图形。

胖女孩跟我渐渐熟识起来，有时候，赊账只要说一声就可以。我们话不多，我对她笑，她对我笑，我要什么，她拿给我，零头帮我抹掉，我们向来没有太多话。

经常看到一个耳背的老人，涨红了脸，手里比画着要买的东西，胖女孩凑到她耳边，用很大的声音跟她说话，老人的手臂被捧在她两臂间。她跨过柜台，到里面的货架上一个个指给老人看。老人直摇头，她便把贴的标签一个个翻过来，拿到老人手里，用两手托着。老人细细看着那些商品，突然眼神发光，胖女孩就把东西放在柜台上，她继续带着老人转。老人每次都从红色布袋里掏出一个钱包，笑着递给胖女孩，让胖女孩自己取钱，胖女孩取后，转身从她的抽屉里找几个硬币，塞到红色钱包里。

老人后面的顾客在旁边静静等着，大家开始闲聊起来，胖女孩目送老人离开，看到老人沿着马路内侧慢慢挪着步子，她才进来。

很晚时候，小店开着的微光，将外面卷起的尘土渐渐变成昏黄的朦胧世界，照亮晚归的乡人。

“去小店看看哦！”那些妇人抱着撒娇的孩童，给孩子一点儿生活的念想。

晚风起，两瓶啤酒，一包花生米。

节日来，几副牌，春耕秋收的时光间隙。

哦，小店。

关山月

回老家，灶台上蒙了些许灰尘，草垛旁放置了一些杂物，东山墙角散落一地的芦秆，雨水一过，淡黄色的秆芯变成深褐色，芦叶簌簌落下，散落一地的相思。

妈妈总是念叨老家的土灶，炒出的菜如何入味，趁我们在家，她去后院多挖了一些笋，经大锅翻炒后，焖油的香味被嘴巴关住，味道在舌尖跳跃，回味良久。

家中土灶一大一小，大的主要用于煮菜，小的用于蒸饭和各种五谷杂粮，诸如芋头、红薯、花生、玉米等，不同的农作物丰盈了岁岁年年。

每年，在麦秸、稻草收割时，或秋天伊始，黄豆秸、芝麻秸、玉米秆收获时，选个好天气，挑净秸秆内的杂草，用麻绳捆扎，放置在后屋的储藏室内。清风徐来，秸秆上被太阳晒干透的枯叶，和窗户上生灰的油纸，哧哧呼呼响着，一场雨过后，空气中的草香味，夹杂着扑鼻的鸭绒味，连同绿色青苔融合着的泥土味，一直延展到窗外。

此刻爸爸总是喜欢抱着一团晒干的秸秆，步履匆匆，如一股烟，跑到几米开外的灶台，防止秆叶撒落一地，边走边唱着《关山月》，笑意盈盈，歌词中喜欢这句“戍客望边色，思归多苦颜。高楼当此夜，叹息未应闲”。

开始烧灶了，烧灶是个技术活，有很多工序。

爸爸自己改造了从集市上买来的钳，在钳肩处交叉部分安装螺栓便于活动，形似剪刀。另一头是长长的铁脚，顶部被打成薄薄的不规则圆形，容易钳牢各类东西，有时候还能钳死耗子，两根铁脚足够长，当手往灶坑深处伸时，不会烫伤握在把上的手。

作物于灶膛烧尽，时间长了，灰塞了厚厚一坨，灶洞里积满灰，空气流通不畅，火力不猛，生出的都是闷火，得用火铲掏灰，将火铲伸入灶洞里掏，也可从灶洞底下的灶坑里伸上去掏捅。

点火、添柴、拨弄、疏通、大小火转换、收火等，都有时间跟工序。

日常琐事，醋米油盐，日子如同咩咩的老绵羊，在门前悠悠走过。

每次烧饭，是爸爸妈妈交流的重要时刻。你一句我一句的，内容诸如：今年庄稼的收成怎么样，哪家的孩子要出生了，要包彩礼钱，节气变了，要不要买点碎布找前村的老叶做点新衣服，家里的哪些农作物需要施肥了，村上喇叭广播的施肥的时间不要错过，什么时候去三姑六婆家等芝麻末节的小事。

灶膛里的火在熊熊燃烧，铲子在空中翻腾，与锅的摩擦发出一阵阵哧哧揪心的声响。窗外暮色渐暗，前村后村的灯一盏盏地亮起来，一阵阵风吹过，煤油灯的灯火时不时被吹往一个方向，忽近忽远的，影子在墙上飘移，万家灯火，星星点点聚散开来。在蓝白色天穹下，升腾起的炊烟，随风而去，变幻着形状，抽成薄雾，消逝在夜空。

在锅中升腾的雾气里，在吱吱的炒菜声里，爸妈你一句我一句地应答。有时候他们也会想着自己的事情，心有灵犀地突然沉寂下来。有时候屋内安静得可以听到雨打窗的声音，若是一个人突然问题想明白了，便突然打破沉寂，喊喊另外一个人的名字，好像武侠剧里的点穴被突然解开，气氛开始热烈，但很多时候也没有具体的话。

“以后年纪大了，有个应声的就行！”

夏天热了，爸爸会让妈妈炒菜，他蹲着烧秸秆，用冷水浸条毛巾，汗太多了，顺手擦拭，嘴里说着好热的天。

冬天冷了，他会把灶膛生完火，搓下手后，赶紧喊妈妈过来，让她蹲在灶膛边，火照得妈妈脸红扑扑的，投射在墙面的人影，随着火光跳跃。

灶烧了一年又一年，刚砌的灶台壁是乳白的，经不住熏烟的撩动，墙面变黝黑。

时间也就这么悄然声息，不打招呼就爬上眉梢，刻成皱纹的模样。

后来，他们谈论的问题也越来越多：我跟姐姐该上什么学校，家里的那些花草什么时候该换新的，过年馒头蒸什么馅的，哪些菜怎么做好吃，要不要添置新的家电，都很具体。

我从没有听过他们之间有什么甜言蜜语，只是与庄稼和收成有关。

一切都很安静，灶台就像一个老伙计，安放在那里。

闲时与你立黄昏，灶前笑问粥可温。

大三那年，父亲被诊断出重疾，感觉凶多吉少，去上海动手术的前一天，他用两个大锅灶烧了满满两桌子菜，请村中乡亲们来吃，也都是一些旧相识，说是手术后，脑子动了刀，怕记不得大家了，以后家里要是有什么事，家里孩子还不懂事，让邻里帮忙多照应，并一一感谢了大家从小在一起长大的情分。

大家也都没有提及生病的话，都说是来为爸爸饯行，气氛跟平常无异。他们各自一肚子的话，都连同下酒菜，一起咽下去了，隔着肚皮，在内心互道珍重，告别。

去上海那天，老槐树的叶子落了一地，爸爸把庭前屋后，里里外外扫了个遍。

二十天的时间。

走了一光年。

那年夏天，阳光灿烂，稻子快成熟了，梅雨时节也快到了，布谷鸟飞来又飞走，走了还会来。

后来妈妈一直保留着烧灶台的习惯，村中人家都换了煤气。我们大学毕业后，一直在外面奔波，回家次数也少了。

她喜欢一个人听着噼噼啪啪的麦秸声燃烧在夜色里。

她说她喜欢清净，有时候烧火，会哼哼《关山月》。

“明月出天山，苍茫云海间。长风几万里，吹度玉门关”，她书念得少，她喜欢这两句，她会唱整首歌，但她却不知道啥意思，只记得爸爸以前这么发音来着。

我们帮她打包好一切，结束了十多年的漂泊，去外地生活。

想起父母以前在灶台说得挺多的一句似有似无的玩笑话：好好让她们上学，哪怕砸锅卖铁，以后才能走出去，不能像我们面朝黄土背朝天的，守了这里一辈子。

那天，妈妈挺开心的，话匣子多起来，用灶台烧了我们最喜欢的几个菜。自家种的菜，自家的锅，吃了心里踏实，她自己也难得吃了满满两大碗。

要迈出门的时候，她扭头看了看厨房，停顿了几秒，好像眼睛一眨就能拍照，把看到的都摄进心里去。

这一次，我渴望早点儿离开故乡。

情书

新到一个城市，喜欢去周边的菜场熟悉，生活像一个画板，色彩在不同种类的果蔬中慢慢铺展开，在柴米油盐酱醋充斥的烟火味里，寻找熙攘生活背后的静默如初，细胞因为味蕾的打开在体内得到重组，心渐渐因为一日三餐的规律节奏而日趋稳定，慢慢融入新的城市，新的生活，在厨房的泛黄灯光与夜幕降临中，在门前飘过的一阵阵升腾起的酱醋刚下油烟的馥郁里，一点点找回归家的暖意。

穿过高楼林立的行政区，越过人声鼎沸、车水马龙的十字街口，一个窄小的巷子探出头，引诱我继续往前。在一群大妈的簇拥下，走红毯一样，各种刺鼻的味道越来越深刻而确凿，在不绝于耳的嗡嗡吆喝声里，迈开的腿不自觉被卷进菜场。我立刻调动了所有听觉和视觉的神经，在嘈杂熙攘中，避开干扰，去找寻预先想好的菜品，或迷茫地在走廊里挨个儿寻找，放空工作以及生活中的烦恼，目之所及细细看调动我情绪的菜品，在氤氲的想象里勾勒出荡气回肠的味道。

我不禁想起一句话：“活在这珍贵的人间，人类可以和香菇一样幸福，爱情可以跟菜花一样幸福。”

这里没有至深的情义，有的只是寒暄和熟悉，没有任何刻意的包装和违心的讨好。你可以睡眼惺忪头发凌乱，也可以西装革履油光满面，当你若有所思而忘记付钱准备转身离开时，菜贩也只是善意地跟你挤眉弄眼地做个歉意的表情，走的时候还不忘记在你敞开的塑料袋里塞一把小葱，提醒你“下次再来”。你在犹豫买什么菜的时候，他们看穿心事地挑动眉间，苦口婆心告诉你：这个季节的什么菜最合时令，买了最合算，让你懂得抓住机会，适当的时候要做适当的事情。在你疲惫不堪风尘仆仆的赶路中，他们顺口说出一些菜的不同做法，告诉你他们老家的一些食物故事以及传统，让你生活因此多一点儿不同，或许他们跟你说着说着，就立刻拉大嗓门唾液横飞与邻座的菜贩聊起了家常，一切都那么稀疏平常，你还没有从一问一答中缓过来，心事被搁浅，被他们接地气的光圈打散。

那个总以四十五度倾斜身子背对摊位卖荸荠和藕的女孩，像削铅笔一样削着手中的荸荠，方寸薄皮间，手法娴熟，白花花的荸荠像跳跃的玻璃球晶莹剔透，黑的荸荠白的藕片像一片布满沼泽的洼地，相间排开，连成一片，在灯光下泛着星星点点的光亮，一阵阵水草的清香飘过。她戴着斯文的黑框眼镜，扎着简单的马尾，只在有人买菜的时候，不经意间抬头，蹦出：荸荠 ×× 一斤，藕 ×× 一斤！说话掷地有声，然后突然沉寂下去，继续削着手中的荸荠。一年四季，她的菜的价格几乎不变。买得久了，她点头示意，却从不跟我寒暄，却在我要走的时候，再塞给我几个。跟她闲聊说起此事，她说：“你挑的时候我也没有给你细看，万一你挑到不好的也无非就那几个，这些是自家水塘里种的，有不好的我也算补给你了。”其实，每次坏的都没有，她执意如此，我也经常光顾她的摊位。

那个在菜场参加了网络团购，线上和线下经营相结合的商贩，全菜场仅此一家，风风火火地做了专门的无纺布袋，上面印了LOGO，还跟一些APP合作，开通了半小时内送菜到附近各小区的服务。刚开始她摊前人头攒动，后来因为线上下单的人多了，经常人不在摊位，变得门可罗雀。少了人流量，菜的更新也就慢下来，韭菜的色彩渐渐黯淡下去；青菜根干瘪枯老；番茄的皮慢慢透出一点紫色；洋葱散落一边，大小不均；花菜上有星星点点的黑渍……遮菜的布被掀起了大大的一角，隐隐露出菜筐里看不清楚的菜，在暗黑的角落里发霉，摊位上的吊灯发出一闪一闪的光亮，孤独而冷清。

刚开始，我是她的常客，后来也就不去了。

后来再见时，听闻她的线上生意也关了。

我喜欢菜场的市井，接地气，不温不火，小本生意人的勤劳本分，这个世界不缺少创新世界里一往无前的轰轰烈烈，但也需要践行以及踏实笃定的诚诚恳恳。

菜场中，卖菜的多半是夫妻，一声一和中，似有或无地聊着家常，有时候因为太忙，搭把手的时候对方手慢了，另一个口出埋怨，骂骂咧咧几句，但一个转身就又相视一笑。在隔空对望的摊位两端，一个照面，一个眼神，心领神会，继续一个称菜，一个吆喝，不矫情不做作，却是人世间最难调的甜蜜。在日出而作、日落而息、暮鼓晨钟一去不复返的现代文明里，他们用一点点的辛苦经营，来生出生活的一些物质所需。民以食为天，在人最初的欲望表达里，他们不去探寻情感，却守护着彼此沉默不语的慢时光，然后悠然老去。

卖菜的还有很多老人，家里种了点菜，省吃俭用凑足了到菜场来卖，赚钱的慢节奏，也成就了他们优哉游哉的性格。他们就坐在那里，一脸风霜，头上扎着毛巾，等你经过他们的摊位，本能地朝你挥挥手，好像一阵风就能把他们的吆喝话吹走似的。他们摊位窄小，菜的样子很多没有大棚培养出的好看，形态各异，价格也渐渐没了优势，或许卖菜已经成了他们生命中不可或缺的一部分，承载着他们年轻时候的生活跟梦想，也有的不愿意依靠子女，年老了依旧在用自己的方式谋生，只报欢喜不报忧是他们的一贯态度。他们静静地坐在菜场的一隅，像一尊雕像，生活也没有那么多色彩，如同堆放在他们面前单一的菜品。

他们关心的是平时的琐碎生活不要起波澜，子女安康，在乎一天卖出去多少菜。他们很多没有去过远方，土生土长，却告诉你，在全力以赴的路上，他们已经获得了自己最好的人生。

还有那个倔强的卖鱼虾人，虾的价格总是比旁边的一斤贵一块钱。她像是守住一段故事，在朝阳还没有爬上城墙，在早起的菜香还没有被淡淡的晨光打散，在暮色下沉，菜场的光亮透着门帘照得她每个小鱼塘波光粼粼时分，她就在那儿，把死去的虾一点点地挑出，毫不留情地舍弃，一脸壮烈。她穿着很干净的围裙，年岁已老，但脸上没有过多风霜，光滑的皮肤，跟她的虾一样透着鲜亮。她的主顾渐渐多了起来，我就是其中之一，她把她的摊位弄得很干净，杀鱼的案板露出了木头本来的颜色，只有鲜红色在眼前跳跃，她手法娴熟，杀鱼杀得彻底干净，里面的鱼泡帮你收好，像完成一个仪式一样庄重，时间久了，她的虾和鱼，跟她一样，像有了鲜活的灵魂。

这里的卖菜人，和我的日常琐碎生活，在菜场的融合下，生出一丝丝善意。在这个城市里，卖菜的车轮将时光一点点打破，足印轧过新生的每一天的光阴，在臭味阵阵、腥味四窜、喧嚣的环境里，我们都守住一份生活的责任，在努力谋生。

时光荏苒，尘世吵闹，在柳暗花明的生活拐角处，“七月食瓜，八月断壶，九月叔苴。采荼薪樗，食我农夫”，去体会旧时农耕果蔬的慢节奏；“苏村瓜，大如斗。一瓜粟数升，十个钱盈缶。亩可数百及千瓜，胜种麦豆葱与韭”，去体会菜蔬给人带来的怡然自得的生活之趣，来对抗世俗浮尘的平庸；“蕨菜多食消阳气，故令人睡，弱人脚”，在争论中找到共鸣和依据，唤古思今；“新芽肌理腻，映日净如空。恰似匀装指，柔尖带浅红”，去体会现代文明被隐没的诗意栖息；“种莲长江边，藕生黄蘗浦。必得莲子时，流离经辛苦”，去体会人情世故的斑斓如梦。

各种菜品，让你放慢节奏，静下心去思考，世间的每一件事情，都值得敬畏和玩味。

万事万物，用它的方式，表达对这个世界的挚爱，证明它们来过，温暖过，然后再离开。

而菜场，承载着这一切，用最世俗的方式，让你在前尘往事里，回归现实世界。

理想再远，梦想再美，总归要落到实处。

有段时间，我处于人生低谷期，便开始信奉“努力加餐饭”的信条，了解每个时节对应的时鲜蔬菜，知晓挑选不同菜蔬的技巧，也去了解不同菜所蕴藏的生命密码，即它们所能及的疗效，感谢它们用微乎其微的力量去温暖我的味蕾，让爱自己落到实处。后来渐渐喜欢去菜场买菜，做给家人吃，把菜场的脏乱差变成餐桌上一道道美味，在热腾腾的饭菜、色泽鲜明的餐盘里，去感受各种重组和断舍离的力量，以及给予他人与创造所回馈给我的暖意，随着味觉渐渐回归敏感，也有了更多的体力去支撑精神走过低潮。

最暖不过烟火味，人间至味是清欢。

愿我们都被生活温柔以待。